나는
아기 캐리어가
아닙니다

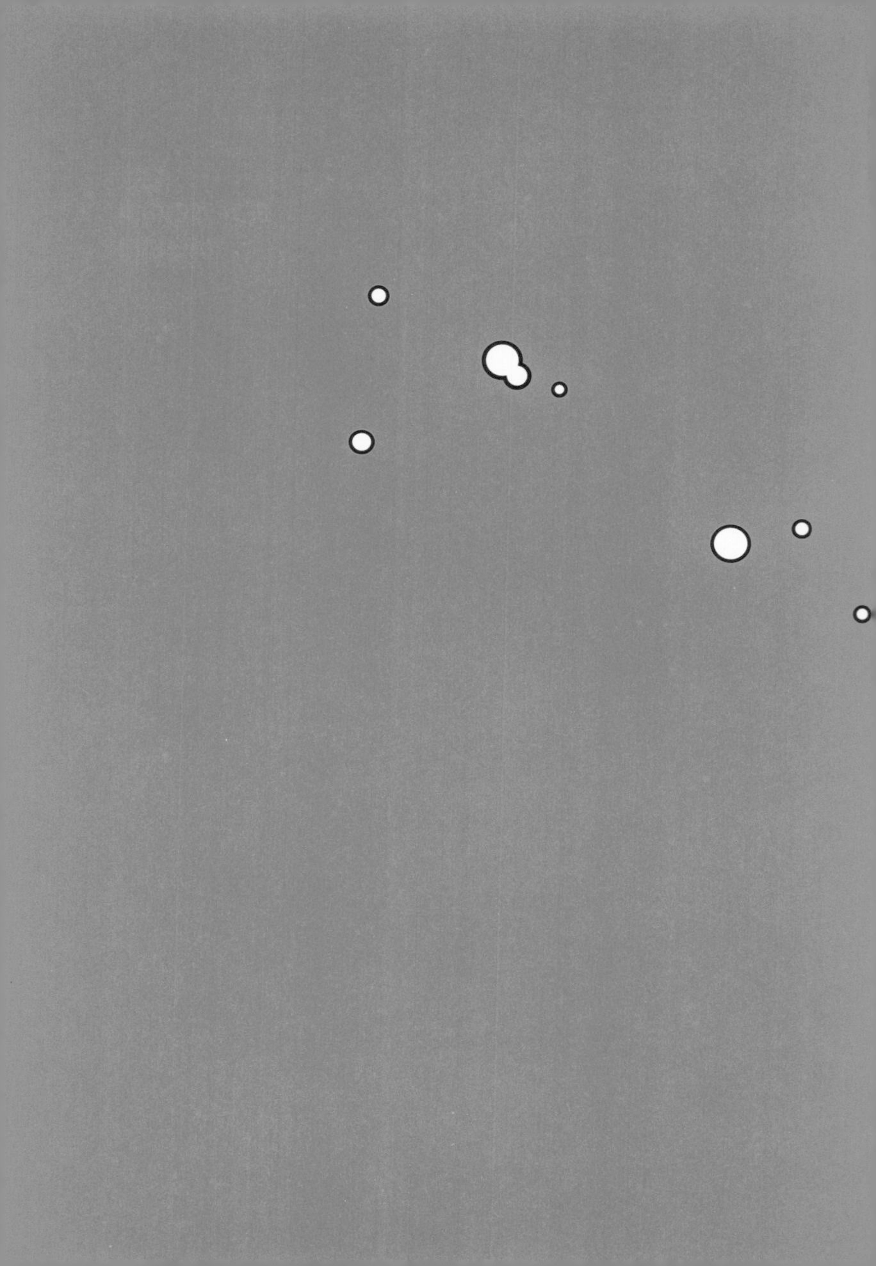

나는 아기 캐리어가 아닙니다

송해나 지음

열 받아서
매일매일 써내려간
임신일기

문예출판사

미리 알려드립니다

- 이 책은 10개월간의 임신·출산 과정을 기록한 트위터 '임신일기@pregdiary_ND' 계정의 글을 모은 것입니다.
- 이 글은 철저히 개인의 경험이 바탕이 되었으며, 모든 임신 경험을 대변하는 것이 아님을 미리 밝힙니다.
- 편집을 가미하여 본문 날짜와 트위터 기록 일자의 차이가 있을 수 있습니다.
- 인터넷 공간의 기록이었음을 강조하기 위해 신조어나 줄임말은 그대로 살려두었습니다.
- 본문의 내용에 대한 보충 설명은 〔 〕로 표시하였습니다.
- 본문에 추가된 댓글은 트위터 '임신일기'와 관련된 트윗을 인용한 것입니다.

프롤로그

∞

임신 경험은 저마다 다르고, 여성들의 서사는 납작하지 않다

배 속에 아기가 생기고 지인들에게 임신 소식을 전했을 때 주변에서는 많이들 이렇게 반응했다.

"너가?"

"진짜?"

"왜?"

임신 소식에 대한 반응으로는 꽤나 이상했지만, 그만큼 지인들에게 나는 절대 아기를 갖지 않을 이미지였으리라 생각한다. 나는 나 자신과 내 삶을 정말로 사랑하는 사람이니까.

그런 내가 어떤 생각으로 아기를 가진 걸까? 지금 생각해보면, 당시의 나는 인류 역사에 대한 믿음과 나 스스로에 대한 믿음이 있었다. 잘 해낼 수 있을 거라 생각했다. 인류의 탄생 이래 수없이 반복되어온 임신과 출산이니 나도 할 수 있을 거라고 생각했다.

임신을 하고 나서야 깨달았다. 내가 임신과 출산에 대해 몰라도 너무 몰랐다는 것을.

여성과 남성이 배란 주기에 맞춰 피임 없이 섹스를 하면 임신이 된다. 생물학적으로는 여성의 난자와 남성의 정자가 만나 수정란을 이루고, 그 수정란이 여성의 자궁에 착상하는 것을 임신이라고 부른다. 그렇게 생성된 수정란은 열 달 동안 여성의 몸에서 세포분열을 거듭해 성장하고 인간이라는 이름으로 태어난다. 이 내용이 정규 교육과정을 통해 내가 학습해온 임신과 출산의 전부였을지 모른다.

철저하게 계획한 임신이었다. 그리고 예상대로 임신했다. 임신 초기 입덧 몇 번에, 배가 불러 뒤뚱거리는 시기를 지나면 자연스럽게 아기가 나올 거라고 생각했다. 그러나 막상 임신 테스트기에 두 줄이 뜨자, 내 세계는 온통 뒤흔들렸다. 임신호르몬 때문에 시도 때도 없이 졸렸고, 지쳤고, 울렁거렸다. 사타구니는 망치로 맞은 것처럼 아팠고, 밤중에는 배를 잡고 굴렀다. 입덧이 끝나자 자궁이 커지면서 골반 인대를 압박했다. 겪어본 적 없는 통증과 어지러움을 비롯해 내 몸 곳곳에서 요란하게 일어나는 일들이 두렵고 불안했다. 그러나 내 상황과 감정을 주변에 말했을 때, 돌아오는 반응은 "엄마라면 누구나 다 겪는 일인데, 너만 유난이다"라는 말이었다.

결국 익명의 트위터 계정 '임신일기@pregdiary_ND'로 임신과 관련된 소소한 일을 기록하기 시작했다. 그리고 '임신일기'를 쓰면서 알게 되었다. 임신과 출산을 경험하지 않은 모든 사람들이 임신과 출산에 대해 몰라도 너무 모른다는 것을. 임신한 여성의 몸에서 열 달 동안 어떤 일이 일어나는지, 임신한 여성이 어떤 삶을 사는지, 사회가 임신한 여성을 어떻게 대하고 통제하고 차별하는지에 대해 말할 때, 임신을 경험하지 않은 사람들은 '몰랐다' 또는 '놀랍다'는 반응을 보였다. 모든 인간은 단 한 명도 예외 없이 임신과 출산의 과정을 거쳐 태어난다. 그런데도 사람들은 여성의 몸에서 일어나는 세세한 일들을 놀라울 정도로 모르고 있었다. 어쩌면 사회가 임신과 출산 당사자들이 내는 목소리를 조직적이고 체계적으로 은폐했던 건 아니었을까 하는 의심마저 들 정도로. 오직 임신을 경험한 사람들만이 내 이야기에 공감하고, 그들의 경험을 더해 이야기를 들려주었다.

임신과 출산으로 나는 괴로웠다. 시기마다 몸은 변했고 나는 새로운 몸에 적응해야 했으며, 몸의 변화는 신체적 고통을 수반했다. 하지만 병원과 사회에서는 "태아는 괜찮습니다" 내지는 "임신하면 다 그렇다"는 말로 일관했다. 신체적 고통뿐 아니라 임신한 몸, 임신한 여성을 향한 날 선 사회의 시선을 감당하기도 쉽지 않았다. 출퇴근하며 회사를 오갈 때마다 이용한 대중교통에서 임신한 여성은 느리고 방해되고 피하고 싶은 사람이었다. 회사에서는 다른 사람만큼 업무 성과도 못 내면서 야근도 안 하는 골칫덩어리였다. 국가는 임신을 장려하는 것 같았지만 현실적 제도는 빈약했다. 이 모든 일을 겪을 때마다 임신한 여성들이 더 이상 이런 일을 겪어서는 안 된다고 생각했다. 그 마음으로 출산일까지 내 하루하루를 기록했다.

기록을 시작하자 놀랍게도 수많은 여성의 임신·출산 이야기가 모였다. 임신과 출산, 그리고 이를 대하는 폭력적인 사회에 많은 한국 여성들은 괴로워했다. 그들과 함께 나는 말하고, 분노하고, 울었다. 다른 사람들과 임신 경험에 대해 말하는 것은 내가 계속 기록을 이어가는 힘이 되어줬고 난 일상에서 말하지 못했던 임산부의 설움을 익명의 공간에서 털어놓을 수 있었다. 그리고 이를 경험하면서 그동안의 임신·출산 이야기에서 경험의 당사자인 '여성'은 고립되어 있고, '과정'은 배제되었음을 깨달았다. 그동안 사회는 임신한 여성 개인의 각기 다른 경험을 하나의 경험으로 치부하고 임신한 여성을 '기혼 유有자녀 여성'이라는 그룹 안에 가두며 임신·출산에 대한 논의를 축소시키고 사적인 이야기로 한정시켰다. 그러나 분명히 말해둔다. 임신 경험은 저마다 다르고 여성들의 서사는 납작하지 않다. 임신한 여성을 혼인 여부에 따라 구분 지어서도 안 될 것이며, '자발적으로, 비자발적으로 임신하지 않은 여성'이 소외되어서도 안 된다.

이 기록을 책으로 묶기까지 트친(트위터 친구)들의 도움이 컸다. 트친들의 경험과 조언도 이 책에 함께 담아 내 경험만을 말하는 한계를 보충하려 노력했다. 이들과 나의 기록은 비록 날것이지만, 이 기록들이 임신을 고민하는 사람들에게는 하나의 정보로써 제공되고, 우리 사회에는 하나의 충격이 되기를, 이 작은 시도가 임신·출산 경험의 다양성을 더 많이 이야기할 수 있는 계기가 되기를 바란다.

1개월

과연 내가 임신을 완수할 수 있을까

3주차

#수정란 착상 #어쨌든 일을 해야 한다
2018년 1월 8일

남편과 수없이 대화한 끝에 아기를 가지기로 결정했다. 남편은 내 약한 몸이 감당하기 힘들 거 같다며 주저했지만, 나는 온 인류가 별 탈 없이 해온 일을 나라고 못 하겠느냐고 자신했고, 우리 가정의 장밋빛 미래를 꿈꾸며 임신을 계획했다. 경구피임약과 콘돔 없이 배란기에 맞춰 남편과 섹스를 했고, 두근거리는 마음으로 매일 아침저녁 임신 테스트기를 확인했다. 그리고 오늘, 아주 희미하게 테스트기에 붉은 두 줄의 선이 보였다. 임신이다. 계획적으로 임신을 준비했다고 생각했는데 두 줄을 확인한 순간 머리가 백지가 됐다. 갑자기 아무 생각이 안 난다. 지금부터 나는

걸어 다니는 걱정덩어리다.

결합된 수정란이 내 자궁벽에 착상만 했을 뿐인데 벌써 몸이 이상하다. 쏟아지는 졸음에 당황스럽다. 회사에서 꾸벅꾸벅 졸다가 결국 커피를 주문했다. 배 속 아기는 '아기'라기보다는 아직 세포 수준에 불과한데, 벌써부터 난 커피 한 잔에 미안함을 느낀다. 에스프레소 투 샷이 정량인 커피를 주문하며 반 샷만 넣어 달라고 부탁했다. 정말 조는 것만 그만두려고.

어쨌든 일을 해야 한다. 전문의의 임신 확인을 받지 않은 상태에서 회사에 임신 사실을 보고할 수도 없는 노릇이고, 임신 확인서가 있대도 업무를 제대로 못 해내면 "이래서 여자는 안 돼. 결혼하고 임신하면 일 못 하잖아"라는 흔한 말에 기여하게 되는 것만 같아, 졸음에 허우적대는 나를 계속 다그쳤다.

앞으로 내게 얼마나 더 스펙터클한 일이 벌어질까? 이제 막 임신 테스트기의 희미한 두 줄을 봤을 뿐인데 통째로 요동칠 내 미래의 일상이 그려진다.

"그게 다 엄마가 되어가는 과정이야" "세상의 모든 엄마들이 겪은 일이야"라는 말들, 수도 없이 듣겠지? 임신 이전에도 이 말들 정말 싫었다. 나는 지금도, 앞으로도 하지 않을 것이다.

#임신 완수 #자신 없음
2018년 1월 10일

종일 기분 나쁘게 울렁거린다. 이런 걸 입덧이라고 하나 보다. 물 한 모금 마시고, 지끈거리는 머리를 잠시 참아낸 후 다시 일을 한다. 과연 내가 임신을 완수할 수 있을까? 벌써부터 자신이 없어진다.

결국 근무상황기록부에 조퇴 결재를 올렸다. 임신으로 힘들어하는 내 모습을 상사나 동료가 볼까 두렵다. 임신을 하면 당연히 평소와 같을 수는 없는 건데, 회사라는 공간이 임신 여성인 나를 스스로 더 엄격하게 만든다. 하던 일을 급하게 마무리 짓고, 도망가듯 사무실을 빠져나왔다. 제발 지하철의 임산부배려석이 비어 있으면 좋겠다. 내가 이용하는 지하철 노선에서 임산부배려석에 사람이 앉아 있지 않은 걸 본 적이 한 번도 없다.

#세포일 뿐인데 #아기와 나의 분리
2018년 1월 11일

자위하는 꿈을 꾸다가 극심한 복통에 잠에서 깼다. 섹스를 한 것도 아니고, 자위를 한 것도 아니고, 자위하는 꿈만

으로도 너무 아파 서럽다. 뭐 이렇게 아픈 복통이 다 있지? 자궁이 수축한 걸까? 자궁이 수축했다면 간신히 착상해서 분열하고 있을 아기에겐 온 세계가 진동하는 것처럼 느껴지는 거 아닐까? 아기는 안전한 걸까?

오만 가지 생각을 하다가 엄마 욕정에 놀랐을 배 속 아기에게 미안한 마음까지 들려고 해서 욕이 나와버렸다. 임신 전에는 배 속 아기와 나를 분리해서 생각할 수 있을 줄 알았다. 뇌도 제대로 형성되지 않은, 그러니까 감정도, 생각도, 무엇도 없는 세포덩어리에 '아기'라는 인격을 부여하고 내 행동 하나하나에 미안함을 느끼다니. 이성적이고 주체적인 여성으로 늘 자부했던 내 존재가 무너져내리는 것만 같다.

#하루하루가 영겁의 시간

2018년 1월 12일

밤새 사타구니가 너무 아팠다. 끔찍하다. 계속 이렇게 아플까 봐 두렵다. 임신 중 당연한 과정이라면 힘들어도 어떻게든 이겨내보겠지만, 아기에게 이상이 있다거나 이상한 곳에 착상된 것일까 봐 더욱 무섭다. 어서 병원에 가서 아기가 제자리에 있는지, 정상적으로 분열하고 있는지 확인하고 싶지만 임신 5, 6주는 되어야 자궁의 아기집을 확인할 수 있다고 하니 무력하게 기다릴 뿐이다. 그날이 오기까지 기다리는 건 너무 힘든 일이다. 하루하루가 영겁의 시간이다. 아기가 잘 있는지, 유산 중인 건 아닐지, 너무 궁금하고 두렵다. 이런 생각도 참 우습지. 내 몸이 제 상태가 아닌데 벌써부터 아기를 걱정하면서 마음이 상한다.

2개월

이 안에 숨겨진 이야기가 얼마나 많은지

4주차

#말할 곳이 없고, 들을 곳이 없고

2018년 1월 14일

하루 종일 아랫배가 욱신욱신 싸하게 아프다. 마치 월경통 심한 날처럼. 일상생활이 불가능할 정도로 강도 높은 월경통과 배란통을 겪어왔지만, 지금은 처지가 다르다. 월경통에는 치사량에 버금가는 양의 진통제를 먹었고, 진통제로도 해결이 안 되던 배란통은 피임약을 먹으면서 통증을 피할 수 있었지만, 지금은 서럽게 울면서 별수 없이 통증을 감당할 뿐이다. 내 몸에서 일어나는 이상한 일이 단지 임신 때문이라니. 괴롭지만 달리 손쓸 수 있는 방법이 없어 정신이 나갈 것 같다. 기력은 떨어지고, 감정은 우울하고, 속은 울렁거리는데, 입덧을 달래려고 음식을 먹으면 위가 아프다.

자궁을 가지고 태어난 여성이라면 숙명적으로 아기를 낳아야 한다고 흔히들 이야기하는 한국에서 30여 년간 여성으로 살아왔지만, 나는 임신과 출산에 대해, 임신과 출산을 둘러싼 사회적 시선에 대해 제대로 아는 것이 없었다. 이 세세한 고통과 비참을 왜 내게 아무도 안 알려줬을까? 임신과 출산을 겪은 여성들에겐 말할 곳이 없었고, 나는 들을 곳이 없던 게 아닐까? 임신 과정의 실상을 더 많은 사람들이 알아야 한다. 평생을 '걸어 다니는 자궁' 취급당하며 살아왔지만, 내 자궁에서 무언가 생기고 커가는 일이 이 정도로 끔찍할 줄은 몰랐다. 임신호르몬의 노예가 되기 이전에 임신 확인을 기다리는 과정에서부터 이미 정신이 너덜너덜해진다. 이렇게 힘들면 앞으로 9개월은 어떻다는 거지.

임신 중 내 고통이 어느 정도인지, 내 감정이 어떤지 계속 기록해야겠다.

#자궁수축 #쾌감이 아니라 통증

2018년 1월 18일

남편은 며칠째 출장 중이고, 나는 어젯밤 꿈에서 남편과

섹스를 하다가 배가 너무 아파 잠에서 깼다. 자궁이 혼자 설레발치고 수축했나 보다. 뭐야, 나 앞으로 9개월 동안 섹스도 못 해? 섹스로 시작된 임신이 결국 섹스의 무덤이라는 역설적 상황을 몸소 겪고 있다. 임신호르몬 때문에 생전 없던 야한 꿈들을 종종 꾸고 있지만, 초기 임산부에게 자위와 섹스는 곧 자궁수축이고, 자궁수축은 쾌감이 아니라 극한 통증이다.

출근을 하려고 버스를 탔는데 영 울렁거려서 챙겨온 두유를 꺼내 조용히 빨대를 꽂았다. 이걸 지금 먹어버리면 회사에선 어쩐담. 입덧 생존음식인 두유 없이 일을 해야 한다고 생각하니 스마트폰을 집에 놓고 외출 나온 기분이다.

5주차

#주말의 산부인과

2018년 1월 20일

드디어 주말이다. 아기가 건강하게 잘 있는지 확인하려고 새벽부터 일어나 개원 시간에 맞춰 병원에 다녀왔다. 주말 늦잠은 사치다. 주말의 산부인과는 전쟁터의 모습이기 때문이다. 조금만 늦어도 주차공간이 없고, 대기시간은 끔찍하게 길다. 출생률('출산율'과 '저출산'은 아이 낳는 주체인 여성에게 책임을 묻는 듯한 의미가 담겨 있어, 이 책에서는 '저출산'과 '출산율'을 '저출생'과 '출생률'로 대체해 사용한다)이 저조하다고 온 국가가 난리인데, 관계 당국은 의료 인프라 확충에는 관심이 없나 보다.

#임산부 배지 얻는 것도 힘들다

2018년 1월 22일

웬일로 지하철의 임산부배려석이 비어 있어서 앉았다. 임신 사실이 겉으로 드러나지도 않고 임산부임을 나타낼 수 있는 배지도 없어서 불안하다. 사람들이 눈으로 욕하는 것 같다. 아저씨들은 잘만 앉아 있던데 말이다.

지하철역 안내데스크에 가면 임산부 배지를 받을 수 있다고 해서 환승하러 가는 길에 들렀다. 역무원에게 문의하니 배지를 따로 구청에서 받아 오는 게 아니라서 현재 역 내에는 보유하고 있는 배지가 없단다. 환승역에 내려 다시 한 번 도전했다. 안내데스크를 찾아 임산부 배지를 받을 수 있냐고 문의했더니 "여기서 그런 걸 주나요?" 하고 내게 되묻는다. 역마다 보유량이 있는 걸로 알고 있다고 하니, 여기저기 전화해 알아보고는 다 나눠줘서 없어진 지 오래란다. 입덧 때문에 한 걸음 한 걸음이 힘겨운데 이번에도 헛걸음이었다.

지푸라기 잡는 심정으로 하차하는 역에서도 고객지원센터를 찾아 임산부 배지를 얻을 수 있냐고 물었다. 서울교통공사(서울메트로)에는 있을 수도 있는데, 코레일에는 없다는 답변을 받았다.

겉으로 티가 나지 않는 초기 임산부가 임산부배려석을 이용하고 싶으면 임산부 배지를 들고 다니면서 임산부임을 스스로 증명하라는 사람들이 있다. 보건소에서 임산부 배지를 받을 수 있지만, 직장인인 나는 평일에 보건소를 방문하는 것이 쉽지 않다.

나, 임산부배려석 이용할 수는 있는 걸까? 임산부 배지 얻기도 이렇게 힘들다. 혹시라도 어딘가에서 받을 수 있을까 싶어, 며칠 동안 무거운 산모수첩을 계속 들고 다닌다.

#자궁 외 임신 #아기 캐리어

2018년 1월 23일

밤에 자다가 억 소리 나게 배가 아파서 깼다. 한참을 데굴데굴 굴렀다. 왼쪽 아랫배다. 의사에게 '자궁 외 임신Ectopic pregnancy'일 수 있다는 소리를 들은 직후라 겁이 났다. 통증이 느껴지는 곳에 나팔관이나 난소가 있을 거 같다. 자궁 외 임신이면 나팔관을 자르거나 독한 약을 먹어 유산시켜야 한단다. 별수 없이 며칠을 그렇게 두려워했다.

착상 후 2, 3주 동안은 초음파에 아무것도 보이지 않고, 피 검사로는 임신호르몬 수치만 확인할 수 있을 뿐이라 병원에 가도 이 통증에 대한 해답을 얻을 수 없다. 임신 소식을 가족에게 알리지도 못하고, 그렇게 두려워만 했다. 몸 상태가 쓰레기 같았지만 평소처럼 회사를 다녔다. 고통은 오롯이 내 몫이었다.

자궁 외 임신율이 이렇게 높은지[1] 이전엔 미처 몰랐다. 자궁 외 임신에 대해 알려준 유일한 시간이었던 중학교 가정 과목 수업에서는 자궁 외 임신이 그릇된 성생활 때문에 발생한다고 가르쳤고, 나와는 상관없는 일인 줄 알았다. 그러나 실제로 임신 12주 이전의 초기 유산이나 자궁 외 임신은 정말 흔한 일이다. 한국 여성은 5명 중 1명이 자연 유산을 경험하는데 그중 70퍼센트는 임신 초기에 일어나고,[2] 천 명 중 17.3명은 자궁 외 임신을 경험한다. 이 세계에 들어오기 전엔 전혀 몰랐다.

초기에 유산한 여성은 자신이 아이를 유산했다는 사실을 자유롭게 말할 수 있을까? 유산한 여성에겐 '귀하게 생긴 아기를 제 몸 관리 못 해 죽인 엄마'라는 낙인만 찍힐 뿐이다. 염색체 이상으로 애초에 아기가 더 자랄 수 없었다는 사실에는 아무도 관심을 갖지 않는다. 초기 유산에 산모가 손쓸 수 있는 일은 거의 없다. 그냥 처음부터 그렇게 될 배아가 만들어진 것뿐이다.

트위터에서 자궁 외 임신을 검색해보다가 놀랐다. 자궁 외 임신이 된 여성을 가십으로 소비한다거나, '연성〔동인 창

작물)' 소재로 쓴다거나, 문란한 성생활의 비극적 결말로 바라보는 시선이 있는 것 같다. 자궁 외 임신에 대해 제대로 교육받지 못했으니, 당연한 결과였을까?

자궁 외 임신은 그냥 일어날 수 있는 일이다. 누구에게나, '그냥' 일어날 수 있다. 수정란이 자궁에 착상해야 하는데 자궁에 다다르지 못하고 난소나 나팔관에 착상하는 걸 자궁 외 임신이라고 한다. 나팔관이 좁다거나 하는 장기의 특성이 있을 수도 있다. 우리 몸의 생김새는 정말 다양하니까! 자궁 밖에 착상된 배아는 살릴 수 없다. 착상 이후의 배아는 계속 자라나기 때문에 장기에 심각한 손상이 오기 전에 나팔관이나 난소를 절개해 배아를 제거해야 한다. 독한 약으로 배아를 유산시킨 후 하혈로 배출해내기도 하고, 자궁 내벽을 긁어내 착상찌꺼기가 없도록 해야 하는 경우도 많다. 타인의 고통에 도덕적 잣대를 들이대거나 '연성' 소재로 삼는 일이 없었으면 좋겠다.

'임산부배려석에 앉기'는 또 실패했다. 좌석 뒤에 붙은 핑크색 스티커를 쳐다보는 척, 임산부배려석에 앉아 있는 젊은 남자를 흘겨보려는데 "내일의 주인공을 맞이하는 자리"라는 문구에 또 열이 난다. 나는 아기 캐리어가 아니다. 나는 '오늘의 임산부를 배려하는 자리'가 필요하다. 임산부배려석에 앉아 있는 남성을 가만 보니 아무래도 외국인이다. 외국인이 핑크색 스티커의 의미를 알아보기 어려웠겠다 싶어 흘겨본 게 괜히 미안하다. 여행 온 외국인이 많이 타는 노선인데 외국어로 된 안내 문구는 한 글자도 없네. 임산부배려석이 도입된 지 5년째인데, 사람들의 의식은 고사하고 행정적인 섬세함도 부족함을 많이 느낀다.

ㄴ, abassclef

'배려석'이 아닌 '우선석'이 되어야 할 것 같아요.

ㄴ, iliana

'노약자석'처럼 '임산부석'이라고 하면 어떨까요.

#임신의 현실 #복합적 임신담론

2018년 1월 24일

밤새 내게 "비혼이 추세"라는 트위터 멘션(트위터 안에서 특정 이용자에게 말을 거는 행위)이 왔다. 내 임신 사실을 조롱하고 싶으신 거냐고 물었으나 조금 뒤 내게 왔던 원래 멘션이 삭제돼 있었다. 내 '임신일기'에 환멸을 느낀다느니, 절대로 임신 따위 하지 않겠다느니 하는 글들도 자주 보인다.

그럴 수 있다. 임신 중 일어나는 일들은 교육과정 중에 배운 적이 없고, 주변 사람들에게서도 흔히 들을 수 없다.

나도 내가 맞이하는 이 상황들이 당황스럽고 무섭고 고통스럽다. 내 일기를 통해 사람들이 임신의 현실을 조금이나마 더 알고, 앞으로 임신을 겪게 될지도 모르는 여성과 임신을 절대 겪을 일이 없기에 배려의 의무를 더 가지는 남성, 그리고 우리가 함께 사는 사회까지 모두가 충격을 받으면 좋겠다고 생각한다.

그렇다고 임신한 내 인생이 불행하다는 건 아니다. 나는 행복한 결혼 생활을 하고 있고, 남편은 부족하지만 임신, 출산, 육아 공부에 열심이다. 아주 놀랍게도, 여성에겐 다양한 삶의 이야기가 있고, 임신한 여성도 그렇다.

엄마는 임신 후 힘들어하는 내게 "유난 떨지 마라"라고 했다. "엄마라면 모두가 겪은 일"이라고도 말했다. 이래선 안 된다. 엄마 말을 듣고서는 더 크게 소리 내고 유난 떨어야겠다고 생각했다. 임신과 출산의 고통이 더 이상 여성 개인의 몫이어선 안 된다. 이 안에 숨겨진 이야기가 얼마나 많은지, 이 안은 아주 풍성한 비밀정원이다.

물론 나의 '임신일기'가 임신담론의 전부가 될 순 없다. 임신과 출산의 경험은 평면적이지 않기 때문이다. 사람이 각각 다르게 생긴 것만큼 장기의 기능도, 체력도, 몸의 상태도, 일상의 모습도 제각기 다르다. 다양하고 복잡한 임신·출산의 과정들을 단편적으로 만들어 '기혼 유자녀 여성'의 이야기 안에만 가둬서는 안 된다. 더불어 임신 이야기에 있어 '자발적으로, 비자발적으로 임신하지 않은 여성'의 배제가 없기를 바란다.

ㄴ, 씽

임신일기 님 트윗을 보며 느끼는 점. 정말 호르몬은 무섭다. 임신 초기엔 정말 세상 다 싫고, 임신 생활 너무 심란하고, 부부의 아기인데 나만 임신한 게 억울하고, 나를 이해해주기는커녕 임신이란 다 그런 거란 말만 하고… 정말 힘들었다.
중기되어 호르몬도 몸도 안정되니 마음도 조금 진정되는 느낌이지만 나를 포함해 모두들 임신에 대해 너무 모르긴 했다. 그냥 입덧(드라마 속 헛구역질)하고 배 나오는 게 다인 줄 알았잖아? 심지어 10개월 동안 월경 안 해서 편하겠단 생각을 했던 나는 모지리. 임신 초기엔 내내 월경통 같은 통증을 달고 살고, 그 이후에도 각종 복통과 사지 쑤심, 소화불량, 빈혈, 몸 무거움, 체력 저하, 졸림, 유방 통증, 출혈 등등 각종 고생길이 펼쳐진다는 걸 전혀 몰랐으니까. 초산의 경우 증상 하나하나에도 예민해서 늘 불안하고 걱정스러운데, 각종 증상에 약도 못 쓰고 버텨야 하는 서러움까지. 거기에 출산 선배들의 "나는~"으로 시작되는 개인 경험의 일반화!

#시어머니 #좋은 소식

2018년 1월 25일

시어머니는 남편과 내가 결혼을 하면 바로 아기가 생길

거라 기대했나 보다. 우린 열심히 피임을 했고 아기는 당연히 생길 수 없었다. 찾아뵈면 종종 내게 '좋은 소식' 없느냐고 물으셨고, 결국엔 내게 "혹시 너 피임하니? 피임하지 마라"라고 하셨다. 당신 아들에겐 아무 말씀 없으시더니 왜 나한테만 '좋은 소식'을 묻고 피임을 하지 마라 말씀하시는지, 수치와 분노에 몸을 떨었다.

이번에 아기 소식을 전하려고 찾아뵀는데, 말할 틈을 보던 중 시어머니가 먼저 '좋은 소식'을 물으셨다. '좋은 소식' 있다고 하니 시어머니 얼굴에 화색이 돈다. 신나서 어쩔 줄 모르는 표정이다. 모임 다닐 때마다 사람들이 결혼한 아들의 '좋은 소식'을 물어봐서 시무룩해 있었는데, 아침에라도 전화로 말해주면 좀 좋았겠느냐 타박하신다. 조금 전 다녀온 결혼식에서 만난 지인들도 내내 '좋은 소식'을 물어대서 비참했는데, 미리 알았더라면 신나게 자랑했을 거라고 말씀하셨다. 시어머니에게 며느리의 임신 소식은 딱 그 정도였을까.

#근로시간 단축과 육아휴직 #그 이면

2018년 1월 26일

임산부가 힘든 건 무거운 배 때문일 거라 생각했는데,

문제는 호르몬이었다. 임신 초기에는 그야말로 호르몬의 노예가 된다. 배 아프고, 졸리고, 울렁거리고, 무기력하다. 웬걸, 밤에는 또 불면증에 시달리고, 간신히 잠들어도 두 시간마다 깬다.

그러나 아무리 힘들어도 내 일상이 틀어져선 안 된다. 그게 임신 초기의 가장 큰 어려움이다. 하루에도 열두 번씩 회사를 그만 다니고 싶다. 물론 당연히 그만둘 수 없다. 회사를 그만두면 아기는 무슨 돈으로 먹이고 키우나. 관리비는, 병원비는 무슨 돈으로 내나. 전세대출금은? 보험비는? 남편이랑 나란히 앉아 현실적인 고민을 한가득 나누지만 뾰족은커녕 뭉툭한 방법도 없다.

우리나라에는 임신기간 근로시간 단축 제도가 있다. 임신 12주 이내, 36주 이후의 여성 노동자가 임금 삭감 없이 매일 두 시간씩 노동시간을 단축할 수 있는 제도다. 보통 임신 확인서를 5, 6주차에 받는데, 그러면 현실적으로 6주, 그러니까 한 달 반이 안 되게 쓸 수 있다. 36주 이후엔 대부분 출산휴가를 쓰기 때문에 실효성은 없다.

얼마 전, 2020년부터는 임신 전 기간에 걸쳐 단축근무 제도가 적용된다는 발표를 봤다.[3] 그래도 나아지고 있는 것 같아 다행이지만, 사실 지금도 근로시간 단축 제도를 이용하지 못하는 임신한 여성이 많다. 상사와 동료의 눈치가 너무 보여 임신 10주부터 2주간만 단축근무를 했다는 여성이나, 단축근무 이야기를 꺼냈다가 싸늘한 반응에 알아서 조용히 자리로 돌아갔다는 여성도 너무 흔하다. 내 권리니까 눈치 안 보고 단축근무를 하고 싶은데, 사무실을 가득 채우는 불편한 공기를 모르는 척하기가 쉽지 않다.

단축근무로 노동시간이 두 시간 줄어도 업무량은 줄지 않는다. 퇴근까지 빠듯하게 일하거나 야근으로 막아냈던 업무량을 여섯 시간 만에 끝내려니 회사에선 정말 쉴 틈 없이 일만 한다. 그래도 눈치가 보인다.

직장을 다니며 임신을 경험했던 선배들은 조용히 임신기의 어려움을 참아내거나 퇴직을 선택했다. 결국 여성 혼자만의 전투를 치른 셈이다. 직장 내 임신한 여성의 어려움을 이해하는 사람이 얼마나 될까?

인식이 수준 미달이면 뚫고 나갈 방법은 시스템밖에 없는데, 현재는 이 시스템이란 것이 너무 부실하다. 임신기 자체의 고통을 반영해, 출산 후에만 사용할 수 있던 육아휴직을 2018년 하반기부터 출산휴가 전에도 쓸 수 있도록 법이 개정[4] 됐지만, 조삼모사나 다름없다. 육아휴직을 이용할 수 있는 직장도 많지 않을 뿐더러, 직장에서 허가를 해준대도 법정 육아휴직 기간은 1년뿐이다. 그 1년이라는 시간을 출산 전과 후에 나누어 쓰란 이야긴데, 산전에 육아휴직을 쓰게 되면 그만큼 산후 육아휴직 기간은 줄어들게 된다. 육아휴직 제도는 알아볼수록 더 답답해진다.

급여문제 역시 그렇다. 육아휴직 급여는 휴직 전 수령했던 임금의 40퍼센트이고, 상한액이 있어 최대로 받을 수 있는 금액은 월 100만 원이다(2019년부터는 육아휴직 급여가 현행 통상임금의 40퍼센트에서 50퍼센트로 올랐다. 또한 상한액도 육아휴직 시작일부터 3개월까지는 월 150만 원, 4개월째부터는 월 120만 원으로 올랐다).[5] 육아휴직 후 복직을 권장한다며 육아휴직 급여액의 25퍼센트는 복직 6개월 후에 일괄 지급하기 때문에, 육아휴직기의 실수령액은 생각보다 더 적다. 심지어 육아휴직 기간에는 소득이 없음에도 휴직 이전 소득을 기준으로 건강보험료를 징수하고 있어서, 복직 후 수십만 원에 다다르는 건강보험료를 고지받게 된다(이러한 부담을 줄이기 위해 2019년 이후 육아휴직 기간 건강보험료가 직장가입자 최저 수준인 9천 원으로 부과되는 방안이 시행된다).[6]

이쯤 되면 여성에게 임신을 하라는 건지, 임신한 여성에게 직장을 다니라는 건지, 도대체 뭐 하라는 건지 모르겠다.

ㄴ, 주취형 마뜨료나

나도 임신해보기 전엔 다들 할만하니깐 임신해서도 회사 다니는 줄 알았다. 그런데 그건 여성 혼자 치르는 소리 없는 전쟁이었다. 나는 출근해서 하루 8번 토하는 통에 아무 일도 할 수 없었고 3주 연차를 모두 당겨 쓰고도 입덧이 가라앉지 않아 연봉 1억 넘는 직장을 그만뒀다.

6주차

#여성의 몸은 여성의 것
2018년 1월 27일

"아기를 낳아도 세상은 변하지 않는다"고, "편하게 일하고 먹고 싶은 음식 마음껏 먹고 살라"며, "임신을 중절하라"는 트위터 메시지가 왔다.

사랑하는 사람과 늘 함께하고 싶어 결혼했다. 이 사람과 함께하는 모든 순간이 너무 행복하고, 우릴 닮은 아이와 함께 더 사랑하고 싶어 수많은 고민 끝에 아기를 가지기로 선택했다('선택'이란 말이 가능한지는 모르겠지만 말이다).

임신한 여성의 고통은 사회적 배려와 제도적 장치, 의학의 발달로 완화되어야 할 것이다. 우리가 당연하게 누리고 있는 권리들이 언제는 쉬웠던가? 세상은 잘 변하지 않지만, '너'와 '나'의 치열한 투쟁이 모여 우리가 더 살만한 사회를 만들어왔다고 생각한다.

여성의 몸은 여성의 것이고, 여성의 삶은 여성이 결정해야 한다. 원치 않게 이뤄진 임신을 중단할 수 있는 권리는 여성에게 있어야 하기 때문에, 낙태죄의 오만함에 분노한다. 마찬가지로 임신한 나의 몸도 나의 것이고, 나의 결정이다. 임신의 고통을 호소하는 여성에게 '낙태'하라는 말은 참 쉽지만, 이것은 우리에게 어떤 해방도 가져다주지 않는다. 나의 임신 결정에 타인이 함부로 이야기할 수 없다는 것까지 굳이 이야기해야 할까.

#출산장려정책의 허점

2018년 1월 28일

임신 소식을 친구들에게 알렸더니, 축하 인사와 함께 맛있는 음식을 사주겠다며 만나자고 한다. 임신을 경험하지 않은 내 친구들은 초기 임산부에 대한 정보가 없다. 초기 임산부라 조금만 무리해도 유산 위험이 있어 틈만 나면 누워 지낸다는 말로 거절하는데, 마음이 또 편하지가 않다. 갑작스런 신체 변화로 몸이 축축 처지고, 분 단위로 컨디션이 달라지는데, 이런 내 상태를 설명하는 데도 에너지가

든다.

여러 번 이야기하지만, 임신한 여성의 경험은 평면적이지 않다. 체력도, 반응도, 입덧이 나타나는 형태도 다 다르다. 그러나 임신한 여성의 공통적인 어려움은 분명 있을 것이다. 임신을 하고 보니 이 나라는 임신한 여성에 대한 이해가 전 국민적으로 부족한 나라라는 걸 지독하게 체감한다. 국가에서는 '저출산' 위기를 강조하며 가임기 여성에게 재생산의 책임만 강조하는데, 그전에 임신에 대한 국민들의 공통 상식을 형성하는 것이 더 우선이라는 생각이다. 훌륭한 출산장려정책이란 여기서부터 시작한다.

신세계 그룹이 주 35시간 근로 제도를 시행하면서 온 언론의 극찬을 받았다가, 제도 시행 이전과 업무량은 동일해 오히려 쉬는 시간은 줄고 노동 강도는 더 세졌다는 기사를 봤다.[7] 어? 익숙한 이야기인데? 아, 내 이야기구나. 최근 임신기간 근로시간 단축 제도를 이용하고 있지만, 업무량은 줄지 않아 더 바쁘고 힘들어졌다. 동료들은 네 시 이후의 내 공백을 불편해하고, 벌써부터 내 출산휴가와 육아휴직의 대체근무자가 될까 걱정한다. 우리 회사는 육아휴직자의 대체근무자를 신규로 채용하지 않기 때문이다. 무심한 동료들을 원망하게 만드는 건 결국 시스템의 문제다. 제도의 올바른 정착 없이 '저출산' 극복? 그런 건 없다.

#드라마 입덧 #현실 입덧

2018년 1월 29일

드라마에서는 임신한 여성이 음식 냄새를 맡고 고개를 돌려 "웩, 웩" 한다. 어릴 땐 그게 입덧의 전부인 줄 알았다. 나이가 들어서는 입덧이라는 게 상태 안 좋으면 헛구역질하다가 가끔 구토도 하는 그 정도인 줄 알았다. 이제는 친구들이 입덧이 어떤 거냐고 물으면 이렇게 대답한다. 심하게 과음한 다음 날 배를 탔는데 파도는 미친 듯이 날뛰고, 나는 차라리 기절했으면 좋겠는데 그것도 마음대로 되지 않고, 정신을 잠깐 차려보니 배는 망망대해 위에 표류해 있고, 육지는 보이지 않고, 정박할 가능성도 없어 보이는, 꿈도 희망도 없는 그런 상태가 24시간, 수 주간 지속되는 거라고.

#경험했다고 말 얹지 않기!

2018년 1월 30일

어쩐 일인지 낮에 컨디션이 좋아 밥도 잘 먹고 날아 다녔다. 어젠 왜 그렇게 고통스러워했는지. 어제는 좀 유난이었다며, 남은 기간 잘 버틸 수 있겠다고 생각했으나… 임산부 배지를 가방 잘 보이는 곳에 달고 있어도 아무도 양보해주지 않는 지하철에서 한 시간 동안 서 있다가 집에 오니 그 지옥 같은 입덧이 다시 시작됐다. 아기는 무슨, 나는 지금 침대에 무기력하게 누워 지구 멸망만 바라고 있다.

정말 힘들다. 임신과 출산을 경험했다고 해서 "나 때는 더 심한 상황에서도 견디고 애 낳았어" "시간 지나면 다 해결돼" "엄마는 누구나 그런 시간을 겪어. 좀 참아"라는 말 함부로 얹지 말기. 우리 모두 약속. 나도 약속.

#비참 #두려움 #일단 살아남기

2018년 2월 1일

우리 사회가 임신한 여성을 어떻게 대하는지 가장 쉽게 알 수 있는 장소는 지하철이다. 임신 이후 지하철에서 내가 가장 많이 느끼는 감정은 비참悲慘이다. 제발 임산부배려석에 앉아서 가고 싶다고 트위터에 넋두리를 올리면서, 나는 비참을 느낀다. 내 가방에 예쁘게 매달려 있는 이 핑크색 임산부 배지가 너무 부끄럽다. 이미 누군가가 앉아 있는 임산부배려석 앞에서 임산부 배지를 달고 한두 시간씩 서서 가는 내 모습에 가끔은 웃음도 난다. 블랙코미디 프로그램을 굳이 찾아볼 필요가 없다.

임산부가 앞에 왔을 때 자리를 양보해주면 된다면서 언제 탈지도 모르는 임산부를 위해 지하철의 자리를 남겨두는 건 비효율적이라고 이야기하는 사람들도 있지만, 내가 매일 마주하는 그들은 스마트폰만 쳐다보거나 눈을 꾹 감고 있었다. 그 앞에 누가 오는지 고개를 들어 쳐다보면 큰일이라도 나는 사람들처럼 말이다.

별수 없다. 임산부 배지를 달고 임산부배려석 앞에 서 있으면, 혹시라도 입이 거친 사람을 만나 임신이 벼슬이냐고, 지금 비키라고 시위하는 거냐고 할까 봐 긴장이 되고 비참과 두려움을 느끼지만 정말 서 있을 힘이 없고 일단 살아남아야 하니까 오늘도 지하철 임산부배려석 앞에 서 있는다. 아무도 비켜주지 않는 자리 앞에 서서 목 위로 터져 나올 것 같은 구토를 간신히 삼킨다.

#치밀하게 은폐된 이야기 #임신 바우처 카드
2018년 2월 2일

회사에서 친하게 지내는 남자 동료와 임신 이후의 이야기를 자주 나눈다. 그게 내 안부이고 일상이니까. 그는 기혼 남성이지만 아기와 함께 살 계획이 없다. 임신과 출산을 직접적으로는 물론, 간접적으로라도 경험할 일이 없는

것이다. 그와 이야기를 나누다보면 임신·출산과 관계없이 지내는 사람들의 인식 수준이 가늠된다.

얼마 전 보건소에서 받아온 임산부 배지를 보여주며 "이제 이거 있으니 의자에 앉을 수 있을 거야"라고 좋아하니, 그는 "그게 임산부들이 달고 다니는 거야?"라고 되물었다. 지하철에서 종종 배지를 단 사람들을 보긴 했지만, 그저 임산부에게 자리를 비켜주라는 캠페인 배지인 줄 알았단다. 지하철에서 임산부가 보이면 바로 자리를 양보한다고 이야기해온 그에게 임산부 배지도 모르면서 임산부를 어떻게 식별했느냐 물으니 배만 보고 양보했다고 한다. 배가 나오지 않은 초기 임산부가 이렇게 힘들게 지하철을 타고 다니는지는 내가 아니었다면 알 길이 없었을 거란다.

요즘 저녁만 되면 구토를 한다. 그렇게 밤새 토하다 아침이 되면 실신 상태가 된다. 일상생활이 가능할 리 없다. 결근을 종종 하다가 오랜만에 회사에서 그 동료를 만났다. 안부를 묻기에 이렇게 토하고 실신하며 지냈다 하니 그래도 입덧은 없어서 다행이라며 진심으로 나를 걱정한다. 그는 이게 입덧인 줄 모른다.

그와 한참 이야길 나누다보면 멍해진다. 딴에는 나를 아끼고 걱정한다지만 임신과 출산에 대해 아는 게 없으니 이야기를 나눌수록 나에겐 피곤과 환멸만 쌓인다. 그만도 못

한 타인 중에선 얼마나 많은 이들이 나에게 유난이라 할지 상상도 안 된다. 그들은 무지함을 앞세워 임신한 여성에게 눈빛과 말과 행동으로 무례를 가한다. 외형으로 초기 임산부임을 판단하겠다는 것은 임신하지 않은 여성에게도 동일한 무례를 범하는 일이다. 초기에는 임신 여부가 겉으로 드러나지도 않을뿐더러 판단을 목적으로 타인의 외모를 응시하는 건 부적절한 일이다. 임신 관련 지식이 없으면 임산부에 대한 존중 역시 불가능하다. 하지만 이걸 개인의 잘못이라고만은 할 수 없을 것 같다.

임신과 출산에 대한 이야기가 아주 치밀하고 정교하게 은폐되어 있다는 생각이 갈수록 뚜렷해진다. 2016년 대한민국 행정자치부는 "작금의 심각한 저출산 상태에 경각심을 가지고 모두가 참여해 이를 극복해야 한다"며 각 지역의 가임기 여성 인구수를 표기한 '대한민국출산지도'를 발표했다. 여성을 아기 공장으로만 보는 이 어처구니없는 프로젝트에 국가의 예산을 마구 쏟아가면서까지 출산 좀 해달라고 외쳐대기에, 사실 임신으로 인한 병원비가 걱정될 거라곤 생각도 못 했다. 국가에서 모두 보장해주거나 건강보험으로 감당이 될 줄 알았다.

임신하니 임신이 확인된 시점부터 출산까지 산과 진료를 수행하는 병원에서 50만 원을 이용할 수 있는 바우처(국민행

복카드)를 안내해주더라. 열 달에 50만 원이다(2019년부터 임신 1회당 60만 원으로 인상). 이마저도 직접 여러 카드사를 비교하고 공단에 신고하는 등 번거로운 과정을 거쳐야 했고, 신청한 카드가 배송되기 전까지는 5, 6만 원씩 진료비를 계속 냈다. 임신 주기에 따라 건강보험이 적용되는 진료항목과 횟수가 정해져 있고, 지원되는 돈은 오로지 산과 진료에만 적용된단다.

임부나 태아의 건강 상태를 확인하지도 말고, 중간에 절대 아프지도 말고, 열 달을 평범하고 별일 없이 기계처럼 살아내다가, 딱 출산만 하란 이야기일까? 심지어 제왕절개는 지원이 안 되니, '자연분만'으로만. 국가의 존속을 위해 출산은 장려하겠지만, 일단 임신한 사람은 각자 도생하라는 정부의 메시지. 이 정도면 노골적이지 않나?

ㄴ Julie

진짜 임신기에 지원되는 50만 원 택도 없지. 난 노산이라 병원에서 추천하는 기형아 검사 한 번 했더니 50만 원 끝남. 10개월간의 모든 검진, 각종 검사비용, 필수 영양제 구입 등은 물론 다 자비로.

ㄴ 3B달리고있는베짱이

나라에서 쥐어주는 돈 50만 원은 임신·출산 병원비를 감당하기엔 정말 택도 없다. 임신기 내 정기검진 및 검사비용만 50만 원 가까이 들었고 출산은 별개로 50만 원. 조산 위험으로 입원과 퇴원을 반복했을 때 병원비는 150만 원.

ㄴ, **익명**

나도 특별한 추가치료 없이 질식분만했지만 임신·출산 관련 병원비를 총 결산해보니 200만 원에 가까웠다. 국가가 생색내며 쥐어준 50만 원짜리 카드는 배가 제법 나오기 시작할 때부터 이미 쓸모가 없었음.

7주차

#커피 #술 #행복을 잃었다

2018년 2월 5일

임신 이전, 낮에는 커피, 밤에는 술이 내게 생명을 불어넣는 것 같았다. 마냥 그것들을 사랑하며 살았다. 나의 임신 소식에 가까운 친구들이 가장 걱정했던 건 임신으로 망가질 내 몸이나 경력단절, 승진 누락 등의 미래가 아니라 커피와 술 문제였다. 친구들은 네가 가장 좋아하던 걸 못 마셔서 어떡하느냐며 진심으로 걱정했다. 커피와 술을 더 이상 마시지 못한다는 게 너무 슬퍼서 디카페인 커피와 오르조(보리를 강하게 볶아 커피 맛을 내는 차)를 바로 주문했고, 내가 좋아하던 맥주들의 무알콜 버전을 낱낱이 알아봤다.

그런데 이게 무슨 일이지. 입덧이 시작되니 놀랍게도 커피와 술 생각이 하나도 안 난다. 커피를 마시지 않아도 카페인을 과다 섭취한 것마냥, 술을 마시지 않아도 새벽까지 과음한 것마냥 울렁거리고 어지럽고 속이 쓰리기 때문에 커피나 술 같은 건 생각도 하기 싫다. 하지만 정말 슬픈 건, 내가 그렇게 좋아하던 커피와 술을 더 이상 즐기지 못한다는 사실이 아니라 커피와 술의 부작용만이 내 일상이 되었다는 것이다. 사랑은 해본 적도 없는데 이별의 아픔만 내 것이 되었다고 하면 적절한 비유일까? 커피와 술을 사랑했던 때의 내가 더 이상 기억 나지 않는다. 이렇게 내 행복을 하나 더 잃었다.

#임신중단권에 관한 해답

2018년 2월 6일

임신하기 전까지, 임신중단이 내 살에 직접 와닿는 문제는 아니었다. 내게는 나를 사랑하는 것이 인생의 전부인 남편이 있고, 그와 나는 아기와 함께하는 삶을 원했으니까. 피임에 실패했대도 '별수 없군' 하고 아기를 낳아 기를 나이브한 마음이었던 것 같다. 누군가와 임신중단권(낙태권)에 대해 논쟁할 때면 핏대를 세우며 목소리를 높였지만, 여성의 재생산권(성재생산 건강 및 권리Sexual and Reproductive health and rights)이 여성의 온전한 권리여야 한다는 주장은 내겐 그저 운동으로서만 작동했다.

요즘은 잠들기 전, 남편과 나란히 침대에 누워 임신중단에 대해 이야기한다. 밤이 너무 괴롭다. 밤 열 시가 넘어가면 속 쓰림과 메슥거림이 치솟아 구토로 뱉어내지 않고선 못 견디겠다. 퇴근해 집에 돌아오면 온종일 긴장하며 참았던 입덧의 괴로움이 마구 활개를 친다. 토하면 위산 때문에 식도가 작살나지만 속은 잠시 편해지기에, 일단 지금 내가 살고 보자는 마음으로 구토하는 쪽을 택한다. 구토조차 하지 못하면 그날 밤은 정말 죽고 싶은 밤이 된다.

그러면서 깨닫는다. 임신중단의 권리가 왜 여성에게 있어야 하는지. 왜 여성만이 이 권리의 주체가 될 수 있는지. 임신중단권에 관한 해답은 간단하고 명쾌하다. 내 몸에서 일어나는 일이기 때문에, 임신을 시작하거나 지속하거나 중단할 수 있는 권리는 오롯이 나에게 있다. 내 몸이니까, 내 몸에서 일어나는 일은 내가 결정한다는 당연한 이야기를 하는데 갖은 근거와 사례를 대며 더 논리적으로 주장하고 설득해야 할 이유가 없다.

본인이 원해서 아기를 가졌다가, 임신 중 자기 몸에서 일어나는 일들이 힘들다고 임신을 중단한 '엄마'에 대한 이야기를 나는 들어본 적이 없다. 그 여성은 말할 수 없을 것이다. 누구 하나 동정이라도 할까.

"낙태가 죄라면 범인은 국가"라는 말에 가슴이 사무치는 밤이다. 나 아닌 누가 감히 내 몸에서 일어나는 일을 결정한단 말인가. 내 고통은 오롯이 나만 느낀다. 그런데도 내가 임신중단을 선택하면 천인공노할 '낙태녀'라는 사회적 낙인이 찍히는 건 물론, 대한민국 형법 269조 제1항의 낙태죄를 범한 범죄자가 되어 처벌까지 받는다고? 직업을 가지고 사회에서 내 나름의 몫을 하고 있단 생각에 깜빡 잊었나 보다. 나는 여성이고, 이 사회에서 여성은 사람이 아니라는 걸.

임신중단이 죄라면 임신한 여성의 진짜 삶과 고통을 은폐하고, 임신한 여성을 위한 연구개발에 나태하고, 임신한 여성을 배려하지 않는 사회를 외면하고, 이들을 위한 제도조차 충분히 지원하지 않은 채, 내 몸에 대한 권리가 제 통제 아래 있다고 오만하게 착각한 국가가 범인이다.

#초기 임산부 식단 #엽산

2018년 2월 7일

출근 전: 프로바이오틱스 2회분, 양배추즙 1봉, 제산제 1알

회사에서: 두유 2팩, 양배추즙 1봉, 방울토마토 10개, 체리

10개, 죽 3분의 1 그릇, 녹즙 1병

퇴근 후: 양배추즙 1봉, 푸룬주스 1컵, 저녁 식사(주로 라면 반 개), 종합비타민 3알

취침 전: 엽산 2알, 제산제 1알, 철분제 3알

내가 하루 동안 먹는 것의 전부다. 다이어트 식단이 아니다. 언제 밥을 맛있게 먹었는지 기억이 안 난다. 속이 잠시라도 비면 울렁거리니까 쉬지 않고 두유나 과일 같은 뭔가를 먹긴 하는데, 먹고 나면 신물이 올라와 이내 후회가 된다. 그렇다고 안 먹을 수도 없는 노릇이다. 속 쓰림을 견디고 변비에서 벗어나기 위해 발버둥 친다. 먹고 싶은 것도 먹을 수 있는 것도 얼마 없다. 위벽 보호와 변비 탈출이 내 모든 섭취의 이유가 되어버렸다. 그나마 먹고 싶은 건 칼칼한 면류뿐인데, 먹으면 그대로 위벽이 깎이는 거 같다. 임신은 변비의 앞잡이다.

내 경우, 섭취가 가장 힘든 건 엽산이다. 냄새만 맡아도 토할 것 같은데 꼭 먹어야만 한단다. 엽산은 기형아를 예방한다고 알려져 있어 보건소에서 무료로 배분해주고 임신 후 13주까지 복용을 권장하고 있다. 하지만 나 외에도 엽산 섭취에 어려움을 겪는 임부가 많다. 평소엔 괜찮다가도 엽산만 먹으면 입덧이 심해진다는 사람도 있고, 자기

몸에 잘 맞는 엽산 제품을 찾느라 돈을 수십만 원씩 쓰기도 한단다. 내가 매일 고통받는 오밤중 입덧의 원인에 엽산이 크게 기여한다는 걸 알면서도, 내 손으로 그걸 입에 털어 넣어야 할 때면 세상이 다 미워진다.

웬만하면 지하철에서 서서 가는데 오늘은 배도 아프고 속이 너무 울렁거려, 임산부배려석에 앉은 분께 조심스럽게 양해를 구했다.

"저, 제가 초기 임산부라 힘들어서 그런데…"

"그런데?"

"아… 자리에 앉을 수 있을까요?"

그 사람 옆에 앉은 사람까지 둘이서 내 얼굴을 한참 빤히 쳐다보더니 결국 일어나더라. 괜한 용기를 냈다가 수치를 얻었다.

ㄴ, 오렌지 ❣

완전 공감해요. ㅠㅠ 특히 임산부'답게' 입거나 행동하지 않으면 엄청 쳐다보거나 비켜주지 않는 경우도 있더라고요. 제가 초록 보라 머리에 화려하게 프린트된 옷 입고 탔을 때, 너무 몸이 안 좋은데 아무도 자리를 비켜주지 않아 쓰러진 적도 있어요. ㅠㅠ

ㄴ, 익명

저도 초기에 임산부배려석에서 게임하는 30대 남성한테 "너무 힘들어서 그러는데 여기 앉아도 될까요" 하고 양보받은 적이 있어요. 그 긴 임신 기간 동안 딱 한 번이요. 그 사람 주변에 직장동료들이 있는 것 같아서 적어도 상식 밖 행동을 하진 않겠지 하고 용기냈거든요. 나머지는 한 시간이고, 두 시간이고 서서 말 못 했어요…

3개월

내 행복의 요소들이 사형당했다

8주차

#입덧의 종류

2018년 2월 10일

입덧에도 종류가 있다. 먹는 족족 토하는 입덧은 '토덧', 속이 조금이라도 비면 울렁거려 계속 먹어야 하는 입덧은 '먹덧', 침만 삼켜도 구역질이 나 계속 침을 흘리는 입덧은 '침덧'이다. 어떤 사람들은 양치질만 하려 하면 메스꺼워 토를 하기도 한단다. 이런 건 '양치덧'이라고 부른다. 의학적 용어도 아니고, 각 특성을 구분 지을 수 있는 어떤 경계가 있는 것도 아니지만 임부들은 스스로 자기의 증세를 이런 식으로 표현한다. 경험하지 않고는 도무지 알 수 없는 입덧의 괴로움을 구구절절이 표현하는 데에도 에너지가 드니까.

토덧

먹덧

침덧

양치덧

ㄴ 씽

저는 먹덧이었어요. 엉엉. 속은 안 좋지만 뭐든 잘 먹으니 주변에선 고통을 알아주지 않더라고요. ㅠㅠ

#산모에게 순산이란 없다

2018년 2월 12일

임신 전에는 스쿼트, 런지, 플랭크 등의 운동을 꾸준히 했다. 몸이 약해 근육을 유지하지 않으면 일상생활이 힘들었기 때문이다. 임신 후로는 그놈의 '유산 위험' 때문에 가벼운 스트레칭도 하지 말라더라. 배 속에서 아기가 자라나면 내 근육이 더 필요할 텐데, 아기를 살리느라 나를 죽여야 한다니 앞길이 캄캄하다.

'순산'하려면 임신 후기에는 몸에 무리가 가지 않을 정도로 요가도 하고, 운동도 해야 하는데 특히 허벅지와 코어 근육을 키워야 한단다. 이미 임신 초기부터 다 망해버린 몸인데 그때 무슨 수로 운동을 시작하고 근육을 키운담. '자연분만' 못 하면 또 산모 탓하겠지. 임신과 출산은 모순 그 자체다.

'순산'이라. 사실 산모에게 순산이란 건 없다. 그저 아기를 낳고도 무사히 살아남길 바랄 뿐이다. 산모의 온 장기를 뒤틀고 회음부를 찢으며 아기가 나오는데 순산이 어디 있어. 타인이 말하는 순산은 무지이고 건방이다. 사랑하는 내 가족이 죽어 온 세상이 눈물바다가 되도록 울고 있는데 누군가 '호상'이라 이야기한다면 그 사람과 계속 관계를 이어갈 수 있을까? 내 가족의 죽음 앞에 '좋을 호好'를 붙일 수 없는 것처럼 내 출산에 타인이 '순할 순順'을 붙일 수 없다.

가끔은 문제없이 임신하고 편하게 아기를 낳은 '듯한' 여성들이 원망스러울 때가 있다. 하나도 안 편했을 거면서. 모든 게 전쟁이었을 거면서. 왜 힘든 이야기는 안 해준 거지 싶다가도 그 고통을 꺼내기라도 하면 "임신이 유세냐" "남들도 다 겪어. 유난 떨지 마" 하는 말로 모든 게 차단되었을 현실을 보게 된다.

ㄴ 주취형 마뜨료나

32주 임산부입니다. 뜻대로 되는 거 하나도 없습니다. 태교도 내가 살고 봐야지 무슨 지랄인가 싶고 운동은 그저 웃지요. ㅋㅋ 5개월은 입덧 때문에 무기력+구토로 누워 있었고 그 후 5개월은 조산기로 누워 있어서 몸에 남은 근육이란 트위터 할 손가락 근육밖에 안 남았어요. 전 무통분만(경막외마취)을 할 수 있는 병원에 가겠다느니 어쩌느니 알아보기도 했는데, 결국 절박조산(임신 중기 이후 조산 직전의 상태)으로 대학병원에 장기 입원하게 됐고, 무통분만은 개뿔, 그냥 상태 봐서 질식분만과 제왕절개 중 병원 의료진의 판단에 맡겨야 하는 상황이 됐습니다. 임산부가 선택할 수 있는 것마냥 취급하는 것도 웃겨요.

#입덧의 절정기 #사람들이 싫어해

2018년 2월 13일

입덧의 절정기라는 임신 8주차다. 음식을 먹으나 안 먹으나 목구멍으로 신물이 올라온다. 속 쓰림에 신음하지만 마음 편히 먹을 수 있는 약도 없고 마냥 축 처져 있다.

회사에서는 점심시간이 다가오면 마음이 불안해진다. 사람들은 이상하다. 식당에서 풍기는 밥 냄새가 역겨워 집에서 도시락을 싸와 혼자 먹거나 휴게실에서 점심시간을 보내는 내가 못마땅한 눈치다. 내가 입덧으로 유난을 부린다고 생각하는 걸까. 임신했다고 단체생활에 잘 복무하지 않는 부하직원이 그저 아니꼬운 걸까. 내가 눈치를 심하게 보는 건가 싶다가도, 점심시간만 되면 느껴지는 상사와 동료들의 눈빛과 뼈 있는 말에 심증이 확신으로 바뀐다. 신체에 별다른 이벤트가 없는 사람과 동일할 수는 없는 노릇인데, 아무래도 저보다 어린 동료가 제 몸 불편하다고 몸을 사리면 언짢은 게지.

오늘도 입덧 때문에 힘들어서 점심을 거르고 휴게실에서 쉬고 있는데 아빠에게 전화가 왔다. 휴식을 방해받고 싶지 않아 통화를 거절하고 점심시간이 끝날 때쯤 사무실로 복귀하는 길에 전화를 드렸다. 왜 전화를 안 받았냐고 하시기에 몸이 안 좋아서 휴게실에서 자고 있었다고 하니 아빠는 늘 내게 하던 말을 하신다.

"아프다, 아프다 하지 말랬지. 사람들이 싫어해. 아파도 참아."

엄마는 나를 임신했을 때 입덧이 정말 심했다고 했다. 음식 냄새만 맡으면 구토를 하는 게 왠지 이상해서 병원에 갔고 그제야 임신 사실을 알았단다. 내가 우량아로 태어난 터라 낳는 중에도 엄마는 생사를 오고 갔다고. 이걸 아빠는 이렇게 회고했다.

"네 엄마는 임신을 확인하기 전까지는 멀쩡하더니 병원에서 임신이라고 한 순간부터 별 거에 다 웩웩거리더라. 얼마나 유난이었는지."

내가 입덧으로 힘들어하면 엄마는 내가 당신 닮아서 그런 건 아닐까, 자기 탓은 아닐까 미안해하고 날 안쓰러워하는데 아빠는 내가 엄마 닮아서 꾀병이나 부리고 유난 떤다고 비아냥거린다.

아빠 말이 일부 맞을지도 모른다. 임신했다고 "아프다" "힘들다" 하니 사람들이 정말 싫어한다. 그런다고 혼자 견디고 참아내야 한다는 건 틀렸다. 말하고 소리치고 유난이라도 부려서 개인이 홀로 감당해야 할 일이 아니라고 계속 이야기할 것이다. 임신한 여성을 대하는 당신의 낯짝을 그대로 까발리고 배려 없는 사회의 맨몸을 그대로 폭로할 것이다. 아기가 성장했을 땐 사회가 더 성숙해져 있었으면 좋겠다.

#소확행이 없는 날들
2018년 2월 14일

인생을 살만하게 하는 건 대단한 이벤트나 아름답게 넘실대는 풍요라기보다는, 행복의 작은 요소들이 내 일상을 장식할 때 오는 소소한 만족감이라고 생각한다. 퇴근을 기다리는 이유는, 어서 집으로 돌아가 남편과 함께 맛있는 음식을 만들어 먹으며 시시콜콜한 오늘의 이야기를 나누기 위함이 아닐까? 이런 이야기를 하는 이유는, 지금 내겐 그런 행복이란 게 없기 때문이다.

지금은 먹고 싶은 게 아무것도 없다. 어떤 재료를 생각해도, 어떤 레시피를 봐도, 어떤 맛집 소개 글을 봐도 먹고 싶지가 않고, 오히려 구토가 나올 것 같다. 임신 전에 좋아했던 음식들을 생각해도 마찬가지다. 토할 것 같다.

어떤 사람들은 먹고 싶은 게 없다는 건 사형선고나 다름없다고 말한다. 먹고 싶은 게 없고, 하고 싶은 요리가 없어지면서 나는 내 창의력을 임신이라는 괴물에 빼앗긴 기분이 들었다. 매번 다른 재료를 조합하면서도 괜찮은 맛을 내는 내 요리 실력에 자부심이 있었는데 이제는 다 잃었다. 내가 좋아하는 것과 잘하는 것을 한 번에 잃었다. 사형 선고나 다름없다는 게 마냥 틀린 말은 아닌 것 같다. 내 행복의 요소들이 사형당했으니까.

#예상치 못한 공격

2018년 2월 15일

드디어 연휴다. 몸이 비루하여 이번 명절엔 어디에도 가지 않고 집에서 남편과 휴식에만 집중하기로 했다. 오랜만에 여유로운 낮 시간을 맞이하여 그동안 방치했던 긴 머리카락을 다듬고 싶었다. 미용사가 명절인데 어디 안 가냐 묻기에 입덧 때문에 남편과 집에서만 쉬기로 했다 답하니, 학생 같아 보이는데 새댁이냐며 한 번 놀라고, 고작 입덧한다고 명절에 시가에 안 가냐며 두 번 놀란다.

비용을 지불하여 미용 서비스를 구매하고자 미용실에 방문했다가 예상치 못한 공격을 받아 적잖이 당황했다. 미용사는 둘째 아이가 배 속에 있어 한참 입덧할 때에도 돌 안 된 첫째 아이를 등에 업은 채 시가에서 전 부치고 아픈 시아버지 수발을 다 들었는데, 시동서가 임신했을 때는 명절에 코빼기도 안 비쳐 시가의 모든 어른들에게 미움을 받았단 이야기를 늘어놓았다. 갈수록 젊은 사람들이 자기중심적이라느니 이기적이라느니 하며 당신의 동서를 험담하는데, 미용사는 도대체 나를 뭐라고 생각하는 걸까.

기분 나쁜 미용을 마치고 나오는데 미용사가 1만 5천 원인 미용비를 만 원으로 할인해주었다. 이건 또 뭘까… 미용비로 2만 원 지불해도 좋으니 어리고 순하게 생긴 임부라도 사람으로 여겨주는 곳에서 미용하고 싶네.

9주차

#임신한 며느리의 고통

2018년 2월 19일

편히 쉬었던 설 연휴가 끝나고 일상으로 돌아오니 회사 사람들이 묻는다.

"해나 씨, 설에 시댁에서 힘들었을 텐데 어째."

대답도 하기 전에 여기저기서 마음에 안 드는 임신한 친지를 욕한다.

"우리 동서는 둘째 임신하고 설에 안 오더라. 나는 임신 2개월 때도 가서 전 부치고 일했는데."

"내 조카며느리는 시어른들 다 계시는데 임신해서 힘들다고 시골 집 방에 누워만 있었어."

내가 임신한 몸으로 얼마나 힘들게 시집살이를 당하고

명절노동을 했는지 듣고 싶어 하는 눈빛들을 향해, 뭔가 통쾌한 기분을 느끼며 이렇게 답했다.

"시부모님이 시가에 오지 말고 집에서 쉬라고 먼저 말씀하셔서 남편과 둘이 집에만 있었어요."

임신한 여성 직원의 험난한 명절나기 포르노를 기대했다면 부끄러운 줄 알아야 한다. 당신들의 "되바라진" 친지에게서 얻지 못한 임신한 며느리의 고통을 내게 기대했다가 실패한 멋쩍은 얼굴들을 바라보며, 그들이 부디 부끄러워하길 바랐다.

#수면은 인권

2018년 2월 21일

잠을 잘 자고 싶다. 호르몬 때문에 낮에는 꾸벅꾸벅 졸고, 밤에는 불면증에 잠을 못 잔다. 커진 자궁이 방광을 압박해 자다가 두 번씩 깨서 화장실에 다녀오고 나면 또 잠이 안 온다. 어제는 속이 너무 안 좋아 탄산수 한 병을 들이키고 잤더니 밤새 다섯 번이나 화장실에 다녀왔다. 자다 깨서 화장실에 계속 가다보면 내 인간성이 손상되는 기분이 들곤 하는데 이건 누가 보상하고 치료해주나.

수면은 인권이다. 물론 누군가 내 수면권을 박탈시킨 건 아니지만, 그렇다고 마냥 참아내기에는 너무 힘이 든다. 하지만 나를 구제해줄 사람도 시스템도 방법도 없다. 임신이란 이런 거다.

ㄴ, 또로로로롱

밤에 화장실 자주 갈 땐 정말… 잠 깨면서 동시에 한숨만 푹푹 나와요.

#아내의 임신 #남편의 승진 누락

2018년 2월 23일

남편이 진급 대상 동기들 중 유일하게 승진에서 누락됐다. 남편의 회사 동기와 선배들은 회사에서 인정받은 내 남편이, 이번 인사에서 승진이 누락된 것을 이상하게 생각했고, 아내의 임신 때문이 아니냐고 추측했다. 내가 임신한 후 남편은 아내가 초기 임산부라 많이 힘들어한다며 저녁회동에 매번 불참했고, 정시가 되면 바로 퇴근했으며, 상사를 찾아가 계속된 출장이 더 이상은 어렵다고 말했단다. 그 이후로 남편은 승진에서 누락되고, 수시로 지방출장 명령을 받고 있다.

나는 내 몸에서 일어나는 고통을 혼자 오롯이 감당하기 버거워 남편이 출장 가고 없는 밤에 펑펑 울었는데, 남편은 임신한 아내를 두고서 나름의 짐을 짊어지고 있었다. 남편을 동정하는 것이 아니다. 우리나라에서 임신이 뭔지 생각하게 된다는 것이다. 국가적으로는 아기를 좀 낳았으면 좋겠는데 내 동료나 부하직원이 낳는 건 또 귀찮은 일인 걸까?

나는 임신, 그게 뭐 대단한 일이라고 회사 동료들에게 업무를 떠넘기고 일찍 퇴근하는 사람이 되어버렸고, 남편은 상사들에게 아내가 임신했다며 회사 일에 충실하지 않은 부하직원이 되어버렸다. 그 상사들은 당신 아내가 임신하고 고통받아도 똑같이 회식하고 야근하고 출장 갔겠지.

정말 임신은 너무 서러운 일이다. 남편이 이번에 승진하면 경제적으로 조금 더 도움이 될 거라고 생각했는데 이제 어떡하지. 아기가 태어난 이후가 너무 막막해졌다.

ㄴ, 익명

나의 임신 및 육아기는 거의 매일같이 남편과 "일찍 들어오라" 대 "일찍 못 가서 미안하다, 이해해달라"라고 실랑이하는 일과의 반복이었다. 10년이 지나 다행인지 불행인지 어제 남편은 리더 자리를 내놓았다. 계속 리더를 맡으면 집에 더 늦게 오게 될 테고 가족과 함께할 시간이 줄어들 테고 나와 갈등하게 될 테니. 승진을 하려면 가족을 버리다시피 (하지만 그건 또 아이러니하게 가족을 위한다는 명목으로 합리화되지) 해야 한다.

아내의 임신이 승진과 아무 상관없다고 말한다면 당신은 흔한 우리나라의 기업에 다니고 있지 않거나, 임신한 아내를 혼자 외롭고 힘들게 한 사람일 거다. 임신 및 육아기에 혼자였던 것도 무척 힘들었지만, 남편한테 불만을 가지면서 속으로 '남편도 어쩔 수 없을 텐데 참아야지' '내가 너무한 건가'라고 자책하는 일도 만만찮게 힘들었다. 그런데 참지 않고 불평하고 화내야 그나마 남편을 회사로부터 쟁취할 수 있었다. 그 역시 참 힘든 일이었다.

10주차

#산전 검사 #기형아 검사

2018년 2월 24일

오늘은 산과 진료비로 78,300원을 지불했다. 병원에서는 임신 초기라고 2주마다 예약을 잡는데 건강보험은 초음파 검사에 대해 임신 13주 이내에 2회만 적용된다. 초음파 검사와 피 검사 몇 가지를 하니 병원비가 쑥 오른다. 병원 검사비용 줄여보겠다고 연가 내고 보건소 산전 검사도 다녀왔는데 검사항목이 너무 적어 별 도움이 안 됐다(지역 보건소마다 정책이 달라 어떤 보건소에서는 40여 가지의 산전 검사가 무료로 제공된다는데 우리 지역 보건소에선 기본적인 일곱 가지 항목의 검사만 가능했다). 국가에서 임신·출산 비용으로 지원해준 50만 원의 5분의 1을 벌써 다 썼다.

다음 정기검진에서는 기형아 검사를 할 예정인데 '쿼드검사Quad Test'와 '통합기형아선별검사Integrated Test' 중 하나를 선택하라는 안내를 받았다. 쿼드검사는 기형 발견율이 75퍼센트, 통합기형아선별검사는 95퍼센트라며, 병원에서는 통합기형아선별검사를 권유했지만 나는 쿼드검사로 예약을 했다. 쿼드검사는 건강보험이 적용되어 1, 2만 원에 검사가 가능하지만, 통합기형아선별검사는 건강보험 적용이 안 되는 항목이 있어 쿼드검사 가격에 5만 원을 추가로 지불해야 한단다.

쿼드검사를 선택하니 의아하다는 듯 간호사가 재차 확인한다.

"통합기형아선별검사는 기형 발견율이 95퍼센트인데요?"

통합기형아선별검사에서만 발견되는 기형이 발견된대도 내가 할 수 있는 일이 더 있나 싶고, 당장의 검사료가 부담이 되어 남편과 상의 없이 그 자리에서 결정해버렸다.

보건소에서 받은 산전 검사는 왕복 택시비만큼도 도움이 안 됐네.

#박사 하면서 임신해

2018년 2월 25일

석사과정 시절, 지도교수 스트레스로 몸무게 10킬로그램이 빠졌다. 교수는 밤낮없이 전화해서 업무 명령을 내리고 성과를 독촉했다. 제대로 못 해내면 능력부터 외모까지 내 인격을 낱낱이 조각내 비난했기 때문에 먹은 음식을 소화시킬 수 없는 게 당연했다. 공동연구 중이던 교수들이 나를 보면서, 내 지도교수에게 학생을 너무 혹사시키는 거 아니냐고 하니 그때 한창 내게 박사과정 진학을 종용하던 그는 이렇게 말했다.

"너 살 빠졌냐? 그럼 내 밑에서 박사 해라. 박사 하면서 임신해. 임신하면 살 쪄. 살도 찌고 박사도 하고 얼마나 좋아."

임신만으로도 일상생활을 유지하기 너무나 어려운 요즘, 그가 많이 생각난다. 그는 아내가 아기 셋을 낳을 때에도 그런 마음이었을까….

#제일 싫어하는 말 #별나다는 말

2018년 2월 26일

오늘도 들어버렸다. 내가 제일 싫어하는 말이다.

"해나 씨는 보통 사람들보다 더 심한 거 같아요."

아니라고!!!!

아니라고!!!!!!!!!!!!

아니라고!!!!!!!!!!!!!!!!!!!!!!

나는 기력이 없고 매일 심하게 울렁거리고 속도 쓰리지만, 구토는 가끔씩만 하고, 양치도 잘 하는 수준이라 그럭저럭 견디고 있었는데 이런 소리를 들으면 꼭지가 돌아버릴 것 같다. 회사에서 변기 붙잡고 구토하는 걸 누구에게 보인 적도 없고, 힘들다고 업무 줄여달라고 요청해본 적도 없다. 나름 조용히 내 몫을 해내려고 내적으로 발버둥 치는 중인데 별나게 입덧한다는 소리를 들으니 무척 서럽고 분노가 생긴다.

회사에서는 임신한 여성이 임신한 티도 안 나게 이전처럼 일하고, 입덧을 하더라도 단체생활에서 이탈하지 않고, 임신하지 않은 직원만큼의 성과를 내기를 요구한다. 이거 뭐, 임신했으면 회사에서 알아서 꺼지라는 것 아닌가.

#아랫배 통증 #임신 중 복통

2018년 2월 28일

임신 테스트기로 임신 여부는 확인했으나 초음파로는 어떤 것도 보이지 않던 임신 극초기에 사타구니와 아랫배에 극심한 통증이 있었다. 복통에, 자궁 외 임신이나 자연유산 위험으로 인한 막연한 두려움까지 더해져 정말 고통스러웠다. 수정란이 자궁에 제대로 착상한 걸 확인한 후로는 복통이 있어도 자연스러운 아픔이겠거니 하며 견뎌왔지만 어젯밤은 정말 힘들었다. 침대에 누우니 날카로운 칼로 아랫배를 푹푹 쑤시는 듯한 통증이 계속돼 밤새 신음하며 앓았다. 통증도 무시무시했지만, 실은 그보다 아기에게 문제가 있는 건 아닐까 하는 생각에 더 무서웠다.

아직 얼굴도 모르는 배 속의 아기가 나보다 중요할 일은 없지만, 아기가 내 몸에서 죽는 건 너무 무서운 일이다. 배가 너무 아픈데 앓는 것 말고는 할 수 있는 일이 없어 무력했다. 질 출혈이 있다면 새벽에라도 바로 내원하겠지만 그것도 아니라서 오전까지 계속 아프면 병원에 가보자 하다가 오후가 되니 조금 견딜만해졌다.

임신 초기에 자궁이 커지느라 아랫배가 콕콕 쑤시고 아프다는 건 알고 있었지만, 큰 통증 없이 그럭저럭 잘 지내다가, 임신 중기를 바라보는 지금 다시 너무 아프니 괴롭고 내 몸에 화가 난다. 남편이 또 지방으로 출장을 간 터라 나를 돌봐줄 사람이 없어, 짐을 추려 당분간 양친養親(이 책에서는 길러준 사람이라는 뜻의 '양친'을 '부모' 또는 '모부'를 대체할 성중립적 단어로 사용하였다)의 댁에서 지내기로 했다. 지난밤엔 엄마와 한 방에서 잤는데, 내가 밤새 데굴데굴 굴러다니며 신음하고 아파하니 내 걱정에 엄마도 불안하고 무서워 한숨도 못 주무셨단다. 내가 아플 때마다 엄마는 자기를 탓한다. 내일부턴 잠을 혼자 자야겠다.

임신 중 복통은 월경통과는 다른 고통을 준다. 내 몸도 부스러질 거같이 너무 아픈데 아기에 대한 걱정도 함께 들어 정신적으로 버텨내기가 힘들다. 아픔의 원인을 찾으려고 수만 가지 생각을 하다가도 결국엔 진료비 걱정에 병원 가기를 주저한다. 자궁과 함께 자궁근종도 커져서 아픈 건 아닐까, 아기가 유산 중이어서 아픈 건 아닐까, 이래서 아픈 건 아닐까, 저래서 아픈 건 아닐까, 걱정 한 바가지를 안고 병원에 갈 때마다 담당의는 그저 자궁이 커지느라 아픈 거라고 별일 아닌 듯 말했다. 이번에도 그런 거라면 어떡하지, 초음파 보고 검진하면 5만 원은 순식간에 사라질 텐데 하며 오늘도 나는 혼자 씨름한다. 나는 불안에 패배했고, 이러지도 저러지도 못하고 있다.

퇴근 후 통증이 다시 시작됐다. 배가 너무 아파서 배를 두 팔로 싸매고 "아, 배야. 아, 배야" 하며 온 집 안을 돌아다니자 소파에서 TV를 보던 아빠가 한 소리 한다.

"좀 참아. 원래 임신하면 다 아파. 아프다, 아프다 소리 내면 좀 덜 아프냐? 시끄럽기만 하지."

너무 화가 나서 아빠 팔을 강하게 꼬집었다.

"아야!!!!"

"아야 소리 내면 좀 덜 아파? 시끄럽네."

임신한 딸의 고통을 공감하지 못하겠으면 공감해보려는 노력이라도 좀 해야지. 며칠 전 아기가 내 배 속에서 꿈틀꿈틀 움직이는 초음파 동영상을 보내줬을 때 아빠는 "너무 기뻐서 눈물이 난다"고 했다. 내 고통으로 이뤄낸 감동은 소유하겠지만, 정작 내 고통은 나 혼자 조용히 감당하길 바라는 마음인가.

아빠뿐 아니라 트위터에서도 내 기록을 읽고 너무 유난이다, 징징거린다 하는 사람들이 많다. 또는 내 임신 사실을 조롱하거나 나에게 임신중단을 종용하는 글도 종종 발견한다. 그렇게 힘들게 임신하고 아기를 낳아봤자 불행을 이길 수 없을 뿐더러 가부장을 수호하는 역할만 할 뿐이라는 이야기들이다. 나는 내 기록을 통해 이런 이야기를 하고 싶었다. 임신이 여성의 진정한 선택이 되려면 임신·출산에 관한 세세한 정보가 여성에게 제공되어야 하고, 임신을 경험할 수 없다면 앎과 공감에 더 힘써야 한다고 말이다. 내 일기는 나를 위한 기록이기도 하지만, 사회적 배려와 제도가 이토록 부족한 환경에서 살아가는 임신한 여성의 일상을 날것으로 보여주는 것이기도 하다.

가부장적인 사회에서 비혼과 비출산을 선언하고 살아내는 것에는 분명 의미가 있다. 그럼에도 세상에는 여전히 아기를 원하는 사람들이 있고, 임신과 출산이 더 이상 여성 혼자만의 고통으로 남겨져선 안 된다. 비혼, 비출산, 결혼, 출산, 그게 무엇이든 여성이 하고 싶은 일을 모두 하면서도 행복할 수 있는 삶, 나는 그런 여성해방의 날을 꿈꾼다. 나는 남편을 사랑하고, 아기를 낳고 싶은, 그러면서 내 행복을 온전히 누리고 싶은 페미니스트이다.

11주차

#축축한 팬티 #유산의 공포

2018년 3월 3일

월경 주기가 근접했을 때 집이 아닌 공간에서 팬티가 축축하면 싸한 공포가 온다. '터졌구나.' 월경할 때가 아닌데 축축하면 더 싸하다. '주기가 망가졌나? 부정출혈인가?'

임신 후 팬티가 축축하면 심장이 흔들린다. 팬티에 조금이라도 피가 묻어나면 유산일 확률이 높기 때문이다. 외출했다가 아래가 축축해 당황하며 집에 부리나케 돌아왔다.

휴. 다행이다. 질 분비물이다.

임신을 하니 질 분비물 양에 헉 소리 날 때가 많다. 이게 다 질 분비물이라고? 월경컵에 받아도 단 몇 시간이면 꽉 차겠다. 많은 여성들이 공감할 테지만 질에서 나오는 분비물은 섹스할 때 말고는 늘 성가시다. 임신 중기 이후에는 팬티를 하루에도 몇 번씩 갈아입는 사람이 많다는데 생각만 해도 귀찮다.

늘 하는 이야기지만, 직장 다니는 임부는 어쩌라는 걸까. 나는 월경컵 전도사였지만 회사에선 월경컵 비워내기도 영 쉽지 않아 출근할 땐 탐폰을 썼다. 이제 질 분비물 때문에 팬티까지 갈아입어야 한다면 임신이 더 끔찍해질 것 같다. 꼭 임신이 아니더라도, 질 분비물이 많고 생식기가 습한 여성을 위한 팬티가 다양하게 개발되어 널리 상용화되었으면 좋겠다.

ㄴ, 또로로로롱

이 느낌, 너무 잘 알죠.ㅜㅜ 저는 임신 후 분비물이 크게 없는 편이라… 뭐가 갑자기 콱 쏟아지면 '양수가 터졌나? 아니면 출혈?' 하며 바로 속옷 확인하네요.ㅜㅜ 임신해서는 증상이 있어도 걱정, 없어도 걱정. 걱정이 끝이 없어요.

ㄴ, 초봄을 키우는 여름

저는 중기 이후 배 덮는 임부 팬티를 도저히 못 입겠더라고요. 체온이 높아진 상태에서 팬티로 배를 덮어버리니 너무 더워서… 그래서 유니클로 힙허거를 만삭 때까지 애용했네요. 중기 넘어가니 전 오히려 분비물이 줄어들었어요. 분비물도 사람마다 다른가 봐요.

#사탕 #임신성 당뇨

2018년 3월 5일

입덧이 빨리 끝나면 좋겠다. 음식을 상상하기가 힘들다. 음식을 떠올리기만 해도 역해서 헛구역질이 나온다. '토덧' 하는 사람들은 음식을 입에도 못 댄다고 한다. 먹으면 그대로 토한다고. 그래도 나는 정작 먹을 땐 토하지 않고 잘 먹는 편이지만, 먹고 나서 명치가 너무 아파 몇 시간 동안 허리를 잘 못 편다. 안 먹으면 울렁울렁, 먹으면 위장 통증. 극한 무기력에 일상이 너무 힘들다.

요즘은 조금만 무리해도 바주카포로 가슴을 명중당한 듯 몸이 통째로 뻥 뚫린 것 같다. 구멍 난 몸으로 내 모든 에너지와 '나'라는 사람이 온통 빠져나가는 느낌이다. 그러다가 식도로 뭐라도 흘려보내면 잠시나마 그 구멍이 메워지는 거 같다. 음식이 더 이상 식도를 흐르지 않게 되면 더 큰 구멍이 나지만. 입덧이 이런 거더라.

사탕을 매일 한 줌씩 먹고 있다. 음식이 식도를 다 넘어가는 순간부터 다시 울렁울렁 입덧이 오니까 입안에 오래 남아 있는 사탕을 찾게 됐다. 그러면서 임산부가 몸에 안 좋게 사탕만 먹는다는 둥, 당 많이 먹으면 임신성 당뇨 온다는 둥, 임산부는 치아가 더 잘 썩는다는 둥의 갖은 고나리(이것저것 지나치게 알은체할 때 쓰는 인터넷 용어)도 함께 듣고 있다. 임신한 여성은 육체적 고통에 처했을지라도 배 속의 아기를 자신과 분리해서 생각하기가 쉽지 않다. 자존심이 상하지만 정신을 잃어가면서도 아기를 걱정한다. 임산부를 생각해서 하는 말이라는 그 고나리질은 대개 무의미할 뿐 아니라 간악하다.

지하철에서 웃긴 일을 겪었다. 오늘 퇴근길은 유독 힘들었다. 요 며칠간 해내야 할 업무량이 너무 많았고 오늘은 내 몸이 더 이상 버틸 수 없을 것 같아 급한 일만 간신히 해치우고 그냥 퇴근했다. 금방이라도 쓰러질 것 같은 몸으로 좀비처럼 영혼 없이 지하철에 탑승했다.

소리 내어 말할 힘도, 정신도 없어 임산부배려석에 앉아 있는 젊은 남성을 손가락으로 툭툭 쳤다. 그러고는 바닥의 핑크색 스티커를 가리켰다. 무례한 행동일 수 있지만 나를 지키고 싶은 생각에 용기 내서 한 행동이었다. 그는 내 임산부 배지를 보고 놀라며 점프하듯 일어나 바로 내게 자리를 비워줬다. 그에게 목례를 하고 있는데 그 옆자리에 앉아 있던 다른 남성이 내가 앉으려던 임산부배려석으로 재빠르게 수평이동하더라. 그 광경에 내게 자리를 비워줬던 남성은 웃음이 터졌고, 나는 새롭게 임산부배려석에 앉은 그를 다시 툭툭 쳤다. 그도 내 임산부 배지를 보더니 깜짝 놀라며 용수철 튀듯 원래 자리로 점프해 앉았다. 지하철의 양 끝 자리가 그렇게 좋은 자리였던가. 이 정도면 코미디 프로의 소재로도 손색없을 것 같은데. 정말이지 너무 힘든 하루였다.

ㄴ, **버들고양이**

너무 제 증상과 똑같아서 동병상련 느낍니다. 상상 그 자체만으로도 토할 거 같은데 안 먹으면 더 괴로워서 밥을 먹어야 하니 메뉴 생각해야 하는 게 너무 짜증나요. ㅠㅠ 그냥 먹으면 배부른 알약 같은 거 있음 좋겠다 싶어요.

ㄴ, **(zizisky)**

특히 "그렇게 먹으면 태아한테 안 좋아"라고들 하는데… 제 건강이 아니라 아기 건강만 생각하고 넘나 짜증나는 것입니다. 먹고 싶죠. 그런데 괴로운 것도 모르면서 이딴 소리나 하고 있으면 진짜 화나요. ㅠㅠ 저도 사탕 달고 살거든요.

ㄴ, **밤케이크**

임신성 당뇨는 그냥 복불복인 것 같아요. 저는 임신성 당뇨였습니다. 결과에 괴로워하면서 임신성 당뇨 검사 수기 찾아봤거든요. 공식은 없는데 가르침만 많아요.

#12주의 기적

2018년 3월 7일

아침에 위장약을 먹느라 물을 마셨는데 몇 분 후 마신 물을 그대로 토했다. 이물질 없이 물만 토해낸 건 또 처음이라 새로운 괴로움을 느꼈다. 입덧하는 임산부들은 입덧이 사라지는 시기를 뜻하는 '12주의 기적'이란 걸 기다린다. 내게도 '12주의 기적'이 찾아왔으면 좋겠다. 언제 그랬냐는 듯 입덧이 말끔히 사라지기만을 기다린다.

#지하철 탑승기 #투명인간

2018년 3월 9일

지하철의 임산부배려석에 앉아 있는 비임산부에게 내가 초기 임산부임을 밝히면서 자리 양보를 요청할 때 겪는 괴이한 일들을 성토하면 사람들은 대개 그 상대가 남성일 거라 추측한다. 성별 표기를 하지 않았는데 당연히 남성일거라 생각하는 것이 흥미롭다. 남성이 임산부배려석에 앉아 있는 경우가 많았고, 일상에서 여성의 상황을 배려하지 않는 무례한 남성을 많이 마주쳤다면 그렇게 생각하는 것도 무리는 아닐 것이다.

그러나 내 지하철 이야기의 주인공은 대부분 중년 여성이다. 나는 대개 중년 여성이 앉아 있는 임산부배려석 앞에만 서 있을 수 있기 때문이다. 무슨 말인가 하면 남성 앞에 서 있는 건 엄청난 용기가 필요하다는 이야기다. 즉, 남성은 내가 성토하는 이야기의 대상조차 될 수 없다는 뜻이다. 내 경험에 따르면 임산부배려석에는 높은 확률로 중년 또는 노년의 남성이 앉아 있었지만, 그들 앞에 임산부배지를 달고 서거나 내가 임산부임을 밝히면 등산 스틱으로, 손으로, 눈초리로, 폭언으로 공격받을 것 같은 두려움을 느낀다. 그러니 내게 자리를 내어주는 사람도, 배려 없이 모욕하는 사람도 대부분 여성일 수밖에 없다. 물론 이걸 여성들 간의 싸움이라 읽는 여성은 없을 거라 생각한다. 값을 치르지 않고 태어날 때부터 지닌 젠더 권력에 관한 이야기란 걸 남성 당사자만 모른다.

오늘은 임산부배려석에서 앉아 있는 젊은 남성 앞에 서 있었다. 그곳에 서 있는데 그 옆자리의 중년 여성이 임산부배려석의 젊은 남성에게 말했다.

"저 핑크색 배지 보이지? 그럼 자리에서 일어나야 해."

그녀의 아들이었나 보다. 내가 처음 그의 앞에 섰을 때, 그는 내 배지를 봤는데도 눈만 천천히 끔뻑거렸다. 어머니로 추정되는 중년 여성이 성인 남성에게 어린이 가르치듯 임산부배려석과 임산부의 존재를 알려주는 것이 왠지 생경했다. 이런 상황 때문에 젊은 남성이 혹시 장애가 있는 사람인가 싶었다. 그는 여성의 말에 곧바로 자리에서 일어나더니, 너무나 또박또박 이렇게 말했다.

"임신 초기에도 배지 같은 걸 주나 보네? 임신한 티도 안 나는데 굳이 비켜줘야 해?"

임산부 배지를 달고 지하철을 타다 보면 내가 투명인간 같을 때가 많다. 정말 내가 안 보이나? 당사자가 바로 앞에 두 눈 뜨고 서 있는데 어쩜 그렇게 거리낌 없이 마음의 소리를 내뱉지?

초기 임산부일수록 유산의 위험이 크고 입덧으로 지독하게 고생한다는 걸 전혀 모른다는 그 무지를 경멸할 새도 없이, 나를 인격체로조차 여기지 않는 그의 태도가 놀라워 한동안 멍했다. 임신한 여성은 이렇게 만만하다.

4개월 | 이리 치이고 저리 치이는 초기 임산부

12주차

#무력한 내 몸 #선택권 없음

2018년 3월 13일

임신 후 무력하다는 생각을 많이 한다. 언제나 내 몸은 내 것이었는데, 더 이상 내 통제하에 있지 않은 것 같다. 내 몸에서 일어나는 일이지만, 먹고 마시는 작은 일부터 내 평범한 일상, 그리고 분만방법을 선택하는 일까지도 내게 선택권이 없는 것 같다. 온 사회가 내 몸의 주권을 주장하는 것처럼.

#자연분만? #질식분만!

2018년 3월 14일

얼마 전 내게 '12주의 기적'이 찾아온 건가 싶어 설렜는데 그날만 컨디션이 좋았나 보다. 아직도 입덧이 끝나지 않았다. 임신한 내가 뭔가를 먹고 있는 걸 보면 사람들이 묻는다.

"그건 괜찮아요?"

그럼 나는 대답한다.

"토하더라도 일단 살기 위해 먹어요."

오늘도 두유 한 팩 다 먹기가 너무 힘들다.

생각 없이 말을 내뱉는 사람들이 참 많다. 그들에겐 그저 한 마디겠지만, 나는 그런 사람들을 너무 많이 마주한다. 입덧이 심한 내게 아기 낳을 때까지 입덧을 하는 사람도 있다는 말이나, 그러게 평소에 건강했더라면 좀 나았을 거란 말을 아무렇지 않게 하는 사람들. 그게 그들 사유의 수준이라 생각한다.

나를 잘 아는 사람이든 생판 처음 본 사람이든, 내 마르고 약한 몸에 고나리하기를 좋아한다. 더욱이 내가 임신한 여성이라는 이유로 사람들은 내 몸을 아주 자연스럽게 품평한다. "주수에 비해 배가 작네" "골반이 작아 애 낳기 힘들겠네" 등의 품평부터 시작해서 '자연분만'에 대한 고나리로 이어진다. 몸이 그래서 '자연분만'은 하겠냐고. 아기가 '자연분만'으로 질의 건강한 세균을 훑고 태어나야 건강하다고. '자연분만'으로 아기도 고통을 겪어봐야 태어날 때부터 어려움을 극복하는 걸 배우는 거라고. 엄마가 건강관리를 못 해서 '자연분만'을 못 하면 평생 아기에게 죄가 되는 거라고. 아주 쉽게들 이야기한다.

어떤 이들은 제왕절개로 태어난 아이들은 스스로 죽을 힘을 다해 머리를 밀고 태어난 게 아니라, 의료진의 인위적인 도움으로 쉽게 태어나서 연약하고, 자라서도 끈기가 없다는 말을 아주 쉽게 내뱉는다. 그 앞에 제왕절개로 아기를 낳은 여성이 있어도 말이다. 여성들 스스로 '자연분만'이나 제왕절개로 출산한 산모를 편 가르고 각자의 모성에 점수를 부여한다. 남성 중심 사회가 만들어낸 '자연분만' 숭배의 모성신화가 이렇게 임산부들을 천천히 죽여왔다. 내 몸에 대한 내 권리가 이런 식으로 쉽게 묵살된다.

'자연분만'이라는 단어에도 부당함을 느낀다. 자연적인 게 좋은 거라고 생각하는 풍토 때문에 산모의 선택권이 제한되고 수술적 분만이 '덜 모성적인' 분만으로 취급되는 거 아닐까. 보다 객관적인 '질식분만Vaginal delivery'이란 단어가 보급되어야 한다고 생각한다.

앞으로 배가 더 나와서 사람들이 내 배를 공공재마냥 만져댈 생각을 하면 끔찍하다.

#전쟁 같은 출퇴근 #시스템이 필요하다
2018년 3월 16일

임산부에게 지하철은 굉장한 곳이다. 특히 비지 않은 임산부배려석에 앉는 일, 정말 전쟁이다. 사람들을 마주한다는 것 자체로도 에너지가 크게 소모된다. 나와 마주하는 사람들은 너무나 쉽고 무례하게 이런 말들을 종종 한다.

"아가씨가 임산부 표식을 왜 달고 있어?"
"학생 같은데 임신했어?"
"얼굴은 애기 같은데 애기 엄마야? 나는 계속 쳐다보길래 내 얼굴에 뭐 묻은 줄 알았지."
"나 아무 생각 없이 앉았어. 원래 잘 앉아."
(임산부배려석 앞에 서 있는 나를 쳐다보면서) "왜. 뭐."

심지어 다 반말이다. 이렇게 나는 매일 이상한 사람들을 만나고 매일 모욕을 당한다. 그런데 내가 지하철에서 겪는 일을 트위터에 적으면 소설이라느니, 사실인지 의심스럽다느니, 내가 말하는 '한남'은 가상의 '한남'일 뿐이라느니 하는 멘션이 달린다. 내 일상에서 벌어지는 일들이 소설이라고 생각할 수 있는 것도 참 권력이다. 임신한 여성이 실제 겪는 일이라고는 상상도 못 하겠지. 임신한 여성으로 다시 태어나야만 알려나.

내가 임산부배려석 앞에서 모욕을 당하는 걸 목격한 한 분은 다음 번에 뵀을 때 임산부배려석에 앉으려는 동행인을 막으며 내게 앉으라셨다(늘 같은 시간, 같은 열차에 타다 보니 자주 보는 사람들이 있다). 오늘은 나를 발견하곤 임산부배려석에 앉은 분께 양보를 부탁하셨다. 이 분께 목례를 하고 자리에 앉았다.

실은 참 고맙다. 내 몫이었던 눈치싸움과 감정싸움을 대신 종식시켜줬다는 게. 전에 내가 모욕당할 때도 이 분이 건너편에서 그 장면을 목격하고는 임산부 배지를 처음 봤다고, 저런 경우가 있으니 꼭 비워둬야겠다고 동행인들과 얘길 나누시는 걸 들었다. 그 이후 계속 임산부의 존재를 인식하고 도움을 준 것이다.

물론 임신 전에도 여성인 내게 지하철은 무섭고 긴장되는 공간이었다. 그렇지만 임산부가 된 후로는 사람에 대한 불신과 증오가 더 커졌고, 사회적 배려와 일반적인 인식에 대한 기대를 거둬버렸다. 그러다 가끔 선인을 만나면 지나

치게 감동해버린다.

개인의 선의가 사회의 부족한 부분을 채우도록 맡겨선 안 된다고 생각한다. 선한 개인은 완전할 수 없고, 언젠가 피로해지기 마련이다. 나는 오늘 선인을 만났지만, 그가 나의 내일까지 보장하지는 않는다. 약자에게 안전한 사회라는 건, 선한 의지를 가진 소수의 사람이 아니라 섬세하고 체계적인 시스템만이 제공할 수 있다.

임산부배려석을 양보받을 때 더 이상 고맙단 말을 하지 않기로 했다. 그들은 임산부 배지를 달고 있는 나를 한참 노려보고는 내 어린 얼굴과 마른 몸을 판단하며 꼭 한 마디씩 거든다. 감사하다며 얼굴의 근육을 움직여 미소 짓는 데도 에너지가 든다. 하나도 고맙지 않다. 나는 출퇴근길이 너무 밉다.

13주차

#1차 기형아 검사 #정보결핍

2018년 3월 18일

1차 기형아 검사가 무탈히 끝났다. 1차 검사로는 40퍼센트 확률로 기형을 확인할 수 있다고 했다. 태연하려 했으나 검사날짜를 예약할 때부터 검사대에 누워 검진을 받을 때까지 긴장이 됐다. 혹여 아기에게 이상이 있을까 두려웠다. 검사 결과를 받은 후에야 안도했지만, 여전히 두려운 마음이 남아 있다. 60퍼센트는 모르는 것이고, 만약 이상이 있다고 해도 내가 할 수 있는 게 있을까?

임부라면 자연스러운 절차로 주수에 맞춰 기형아 검사를 안내받고 두려운 마음으로 검사를 받는다. 그리고 낮지 않은 확률로 위험군에 속하게 된다. 40퍼센트 확률의 검사로 말이다. 이 검사에서 위험군으로 진단을 받으면 더 많은 검사료를 지불해 고도의 검사를 받도록 요구받고, 결과가 나올 때까지 온갖 걱정 및 두려움과 씨름하게 된다.

임산부를 의학적 위험성을 안고 있는 환자로 분류하고, 미미한 소견에도 병리학적 진단을 내려 임산부의 불안을 가중시키는 이 임신·출산 프로세스가 과연 올바른가 하는 생각을 한다. 임신 자체로도 힘들고 아프고 괴로운 임산부를 위한 적절한 처치는 부족한 반면 이들을 쉽게 위험군으로 분류하고 지난한 검사만 요구하는 것 같다는 이야기다.

임신·출산 커뮤니티에선 이 고가의 검사들을 꼭 해야 하는지, 자신이 병원에서 '이상 소견'이라고 받은 검사결과가 진짜 '이상 소견'인지 묻는 글들이 많다. 불필요한 고가의 검사를 겁주듯 요구하는 거 아니냐는 의료인에 대한 불신이다. 그러면서도 의사의 소견밖엔 기댈 곳이 없는 임산부들은 혹시 모를 가능성 때문에 두려워하며 검사에 응한다. 임신 당사자의 정보결핍과 임산부와 의료인 간의 신뢰부재가 문제의 원인이라고 생각한다. 임신·출산은 인류가 오랫동안 겪어온 자연스러운 일이지만, 정작 임신·출산 당사자들은 이렇게 정보로부터 멀리 있다.

ㄴ 아유

저희 지역은 2차 기형아 검사를 보건소에서 무료로 해줬어요. 병원에 보건소와의 차이를 묻자, 어차피 나라에서 지원하니 병원에서 하라고 하더군요… 보건소에서 무료로 검사를 받았지만 돈 때문에 너무 안일하게 대처한 것은 아닌가 하는 불안은 여전히 있어요. 임신하고 나서 단계를 밟아갈수록 한계와 벽에 가로막혀 무능력해지는 기분입니다… 제가 알기로는 트리플이 기본인데, 병원 검사는 쿼드로 한 가지 항목이 더 추가된 거라고 해요. 쿼드로 하면 비용이 5만 원 이하로 나오고요. 통합기형아선별검사가 10만 원 정도… 그리고 NIPT(비침습산전기형아검사)는 30만 원 이상, 양수 검사는 100만 원까지 가더라고요.

ㄴ 씽

일련의 기형아 검사 과정들이 참 아이러니해요. 임산부들의 불안을 이용해서 돈 버는 고가의 검사들도 있지만 또 그 검사로 정말 도움을 받는 케이스도 있으니 필요하긴 하고요. 그렇지만 검사로 기형아인 것을 알아도 선뜻 뭘 결정할 수도 없을 텐데 말이에요. ㅠㅠ 전 시험관 쌍둥이에 남편의 정상정자가 1퍼센트였다는 이유로, 1차 기형아 검사에서 목투명대가 1밀리미터대로 나왔는데도(태아의 목덜미 두께를 측정해 다운증후군 여부를 검사한다. 3밀리미터 이하를 표준으로 간주한다) 양수 검사나 NIFTY(NIPT 검사의 일종)를 권유받았어요. 그 일로 그 병원에 정이 뚝 떨어지대요. ㅎㅎ

ㄴ 밤케이크

저는 심지어 정신지체선별검사도 받았답니다. 병원에서는 선택이라고 말하면서도 첫째는 많이들 검사한다고 말했어요. 기형아 검사도 2차까지 기다려야 하니 불안은 끝도 없지요. 임신 중 가장 큰 목표가 '불안해하느니 검사 받자'였어요. 나중에는 부부가 다 백일해 예방주사도 맞았어요.

#임신호르몬 #업무량

2018년 3월 20일

임신 13주가 되었다. 임신 중기에 들어섰지만 아직도 나는 밥을 먹기가 힘들고, 입 밖으로 쏟아질 것 같은 구토를 삼키며 하루하루를 근근이 버틴다. 임신 12주까지 쓸 수 있던 근로시간 단축 제도는 끝났고, 퇴근 후 집에 도착하면 온몸이 부서질 것만 같다. 조금 늦더라도 내게 입덧이 끝나는 기적이 찾아왔으면 좋겠다.

단축근무 기간 동안 업무시간은 빠듯한데 업무량은 줄지 않아 출근해서 퇴근할 때까지 쉬지 않고 일했다. 임신 호르몬 때문에 졸리고 힘들어도 일이 많아서 잠깐도 쉬지 못할 때가 많았다. 그렇게 일하던 게 벌써 버릇이 되었나 보다. 단축근무를 하던 여느 날처럼 아침부터 틈 없이 빡빡하게 업무를 처리하다가 오후 네 시쯤에는 할 일을 다 끝내버리고 이제 뭐하지, 뭐하지 하며 당황해하던 나에게 상사가 이렇게 말했다.

"해나 씨, 이제 살만한가 보네. 일을 더 줘야겠어."

대중의 인식 수준은 제도를 넘어서지 못한다. 사람들은 정해진 제도 때문에 어쩔 수 없이 사회적 배려를 베푼다. 베푼다기보다 법적 제재나 사회적 비난에서 벗어나기 위해 어쩔 수 없이 제도를 따르는 것이다. 제도로 보호하는 기간이 끝나자마자 사람들은 기다렸다는 듯 내게 엄격해진다. 내가 왜 제도로 보호받았는지는 관심도 없다는 듯이.

#출산의 주체 #자기결정권

2018년 3월 21일

제왕절개에 관한 이야기를 한 후로 제왕절개로 아기를 낳은 여성이나 제왕절개로 태어난 이들에게서 종종 트위터 멘션을 받는다. 질식분만을 꼭 해야 한다는 주변의 압박에 무리하게 질식분만을 시도하다가 결국 제왕절개를 하게 되었는데, 사람들은 산모의 건강은 관심도 없다는 듯 제왕절개한 산모에게 죄책감을 더하는 말을 아무렇지 않게들 했다는 이야기, 배 속에서 탯줄이 꼬였거나 거꾸로 서 있어서 제왕절개로 태어났는데 자라면서 건강하지 못한 자신을 두고 출산 당시 무리해서라도 질식분만을 해야 했다며 엄마가 미안해한다는 이야기 등이다. 결국 제삼자의 폭력적인 시선이 산모를 두세 번 죽여, 정작 아기 낳는

주체는 목소리조차 내지 못했다는 이야기들이다.

일반적으로 병원에서 제왕절개를 권하는 경우는 특수하다. 출산 전 검진에서 아기가 너무 크거나 거꾸로 들어서거나 탯줄이 목을 감싼 특수한 경우거나, 산모의 체질이나 상황이 질식분만 할 상태가 아닌 경우. 이때는 의사와 함께 미리 분만 수술을 계획한다. 혹은 질식분만을 시도했지만 오랜 진통에도 아기가 나올 기미가 보이지 않는다거나, 검진 때 미리 발견치 못한 분만 취약지점이 진통 중 발견되었을 때, 진통은 진통대로 다 겪고도 제왕절개하기도 한다. 그렇기 때문에 '질식분만하지 못한' 엄마에 대한 비난은 너무 무지하고 가혹하다.

하지만 나는 일반적 경우에서 더 나아가야 한다고 생각한다. 출산의 주체는 가족도, 사회도 아니고 오로지 산모다. 주변인은 더더욱 아니다. 산모나 태아의 건강이 위태로워 어쩔 수 없이 제왕절개를 하는 상황이 아니더라도, 출산의 주체인 산모는 분만방법에 대한 충분한 지식을 가지고 스스로 결정을 내릴 수 있어야 한다. 제왕절개로 아기를 낳은 여성에 대해 이야기할 때 위급한 상황이어서 제왕절개가 불가피했다는 점만 강조되면, 질식분만을 하는데 의료적 문제가 없는 여성이 제왕절개를 선택하여 출산하는 경우 사회가 요구하는 모성과 어긋난 기이한 행위로 취급된다. 여성 스스로 제왕절개를 선택한 이유가 진통하는 고통이 싫어서건, 질식분만 후 회복되지 않는 체형 때문이건, 그 어떤 걸 이유로 하건 여성의 몸에서 일어나는 일은 여성이 선택해야 한다. 여성의 몸은 여성의 것이지 그 사회의 소유가 아니다. 내 몸에서 일어나는 일을 결정하는 데에는 당사자인 나 자신과 양질의 정보만 있으면 된다.

질식분만의 고통이 진통과 분만의 순간에 일시불로 진행된다면, 제왕절개는 마취에서 깨어난 이후부터 할부로 오래간다는 이야기가 있다. 죽을 듯한 고통을 겪으며 아기를 낳아야만 마땅하고, 고통 없이 출산하고 싶어 하는 여성을 이기적이라 비난하는 저급한 인식에도 화가 나지만, 사실은 그 무엇을 선택한대도 편한 출산은 없다.

여성의 몸에 대한 여성의 자기결정권은 인간의 기본권이며 이는 분만방법을 선택하는 데에도 마찬가지라는 이야기를 하면 아기의 건강이나 미래를 고려하지 않고 저만 생각하는 비정한 엄마로 몰리곤 한다. 참 이상하다. 몸에 대한 자기결정권이 유난히 여성에게만 위태로운 것도 이상하지만, 배 속의 아기라는 개념이 더해지면 몸의 주인인 여성의 목소리는 공중을 떠다니는 가벼운 먼지처럼 무시된다. 필요한 정보는 숨어 있는데 헛소리하는 사람의 목소리만 크다.

14주차

#임신 중기 #입덧 끝
2018년 3월 26일

몸이라는 게 정말 신기하다. 내가 겪은 일을 앞서 겪은 사람들의 말처럼, 임신 중기에 접어드니 마법이라도 펼쳐진 것처럼 입맛이 돌아왔다. 공복에도 울렁거리지 않고, 음식에서 이상한 맛도 나지 않고, 먹어도 토하지 않는다. 더불어 기력도 생겼다.

다만 내과가 안정을 찾자 외과에 무리가 오기 시작했다. 나의 임신 중기는 앞으로 얼마나 더 파란만장하려나.

#불룩 나온 내 배 그대로

2018년 3월 28일

이제 슬슬 배가 나오기 시작해 입을 수 있는 옷이 확 줄었다. 날씨가 따뜻해져서 주말에 나들이를 다녀왔는데 입을만한 옷이 없어 낙낙한 엄마 옷을 빌려 입었다. 아직은 쌀쌀해서 회사 갈 때 바지를 입고 싶은데, 버클은 안 잠기고 기존에 입던 밴딩 팬츠는 너무 조인다. 상의도 펑퍼짐한 옷을 겨우 찾아서 입고 있다.

임신을 했고 아기가 배 속에서 자라고 있으니 배는 당연히 커지는데, 나온 배가 옷에 밀착되어 드러날까 봐 잘 입던 옷을 못 입고 있다. 임부복을 찾아봐도 대부분 배 모양이 드러나지 않게 낙낙한 스타일로 나온다. 사람들의 시선 때문인 것 같다. 임신한 여성에 대한 편견과 불편한 시선 때문에 임신한 여성들이 몸매가 덜 드러나는 옷을 찾는 건 아닐까. 배 나온 임부를 배불뚝이, 배사장, 배장군 등으로 부르는 사람은 어떤 생각을 하며 사는지 너무 궁금하다(사실 하나도 안 궁금하다).

두 사이즈는 족히 커 보이는 엄마 원피스에 검은 레깅스만 신고 다니면서 우울해하던 내게 친구들이 임부청바지를 선물해줬다. 임부청바지는 배를 감싸는 부분이 부드러운 면으로 되어 있고 배 사이즈에 맞게 고무줄을 조절할 수 있다. 이제 펑퍼짐한 원피스 안 입어도 되니 좋다. 불룩 나온 내 배 그대로 내 옷 입어야지.

#커피 마실 때 고나리 좀 그만하세요

2018년 3월 29일

인체의 신비를 느끼고 있달까. 초기에는 자궁이 커지면서 압박받는 방광 때문에 자다가 서너 번씩 화장실에 가야 했던 게 참 힘들었는데, 중기가 되면서 더 이상 빈뇨와 야뇨로 고통받지 않는다. 자궁이 위쪽으로 올라와 방광을 누르지 않게 된 것이다. 대신 자궁과 골반의 인대가 늘어나면서 사타구니와 엉덩이에 통증이 생겼다.

또 없던 현기증이 갑자기 생겼다. 계속 어지러워 몸이 안 좋은가 했더니 흔한 임신 중기 증세란다. 임신 중기에는 혈액이 자궁으로 몰리면서 뇌에 혈액이 원활하게 공급되지 않아 현기증과 두통이 나타난다. 태반이 완성되고 아기가 스스로 혈류를 펌프질하게 되면서 입덧이 확 줄었지만 이제는 다른 양상으로 몸이 불편해졌다.

내 행복은 맛있는 카페라테로 하루를 시작하는 거였다. 임신 극초기에는 호르몬으로 인한 불면증 때문에, 그 후에는 지독한 입덧 때문에 커피를 끊었는데, 그 생활이 얼마나 끔찍했는지 커피를 좋아했던 시절이 상상도 안 될 정도였다. 입덧이 줄자마자 카페라테가 너무 생각났고 요즘은 매일 다시 카페라테를 마시고 있다.

그런데 커피를 마시고 있으면 날 보는 사람들마다 한 마디씩 한다.

"설마 지금 마시는 거 커피야?"

"임산부는 커피 마시면 안 돼."

"하고 싶은 거 다 하면서 아기 낳으려고?"

임신한 여성은 작은 행복을 누리려고만 해도 별 고나리를 다 듣는다. 임산부의 카페인 하루 권장량은 300밀리그램이다. 스타벅스 아메리카노 톨 사이즈 한 잔에 카페인 150밀리그램이 들어 있으니, 하루 한 잔 정도는 일반적으로 무리 없이 마실 수 있다. 다량의 카페인이 자신과 아기에게 안 좋을 건 임신 당사자가 더 잘 안다. 임신하면 여기저기서 먹지 말라는 것도 참 많은데 술, 담배, 약물이 아닌 이상 임산부나 태아에게 크게 유해한 것도 아니고, 심지어 술, 담배, 약물을 먹는다 해도 그만 고나리하자. 여성의 몸은 여성의 것이고, 임신한 여성도 마찬가지다.

15주차

#그 많은 임산부들은 어떻게 살았을까

2018년 4월 2일

아빠가 내게 유난이다, 유난이다 했는데 요즘은 내 몸이 정말 유난스럽단 생각이 든다. 입덧으로 그렇게 고생하고서는 입덧이 사라지니 이제 두통 때문에 아무것도 못 하겠다. 걸을 땐 엉치뼈가 아파 뒤뚱거리고, 서서는 배에 힘이 들어가 금세 자궁이 뭉친다. 몸뚱어리가 정말 유난이다.

그 많은 임산부들은 어떻게 살았을까. 엄마에게 물어보는 건 포기했다. 엄마는 나를 가졌을 때가 모두 고통스러운 날들이어서 그때 기억을 전부 지웠다고 했다. 복기하고 싶지 않은 건지, 뇌가 정말 기억을 지운 건지는 알 수 없지만. 엄마의 고통을 나는 되풀이하지 말아야지 했지만 나 혼자로는 안 되는 일이었다.

입덧이 사라지면 회사를 다닐만할 줄 알았다. 중기가 되면 다들 체력이 돌아올 거라 했다. 그래서 단축근무가 끝나자마자 업무를 바로 정상화해야 했다. 사람들은 그간 분에 넘치게 배려를 받았으니 이제 네 몫을 다하라는 듯 철저히 업무를 해낼 것을 요구한다. 고통을 호소하기도 민망하다. 회사가 나 스스로 유난스럽게 느끼도록 만든다.

임신 초기엔 힘들다, 아프다, 고통스럽다, 열심히 소리쳤다. 사람들이 임신한 여성의 어려움을 이렇게 몰라서는 안 된다 싶었다. 한데 그것도 한두 달이지, 4개월째 계속 힘들다고 말하니 사람들이 더 싫어하는 것 같고, 나는 점점 더 혼자가 되는 것 같다. 왜 임신한 여성들이 혼자 끙끙대며 참거나 임신·출산 커뮤니티에서만 호소했는지 이제는 너무 잘 알겠다.

#기혼 유자녀 페미니스트

2018년 4월 5일

끝나지 않을 것만 같던 겨울이 지독했던 내 입덧과 함께 떠나가면서 나에게 안팎으로 봄이 찾아왔다. 날이 제법 따뜻해졌고 곳곳에 벚꽃이 피어 있다. 내 임신기를 통틀어

지금이 제일 가뿐한 시기일 것 같다. 입덧이 사라지고 정신을 차리니 임신기의 나를 더 돌봐야겠다는 생각이 퍼뜩 들었다. 아기가 태어나면 내 인생이 온통 아기로 가득할 테고 내 최대 화두는 '현명하고 사려 깊고 강단 있는 페미니스트 엄마'가 되는 것이겠지.

아기를 건강한 인격체로 양육하는 것은 외롭고 치열하고 대단한 일이다. 하지만 아기를 낳는 순간 내 고민의 주제들이 통째로 바뀌고, 그때부터는 이전과 완전히 다른 삶을 살아야 한다는 건 내 인생의 발자취를 두고 봤을 때 너무 아쉬운 일이기도 하다. 남은 임신기 동안 나를 더 돌보고, 생각하고, 기록하면서 기혼 유자녀 페미니스트로서의 삶을 기대감으로 맞이해야지.

#임산부의 배 크기

2018년 4월 6일

오늘 회사에서 가장 많이 들은 소리는 "배가 하나도 안 나왔네요"다. 그야말로 "어쩌라고"다. 회사 복도에서 오다가다 나를 보는 사람들마다 배 크기 이야기를 한다. 내가 임신했다는 이야기는 들었는데 흔히 보던 임산부치고는 배가 안 나온 거 같고, 그렇다고 입덧으로 고생하는 거 같

배가 별로
안 나왔네
주수에 비해
배가 작은데?
완전
배불뚝이네
배 모양을 보니
딱 아들이네

지도 않으니 아무 말이나 내뱉는 걸까.

임신한 여성에게 할 말 없으면 그냥 아무 말도 하지 말자. 나는 넷플릭스로 TV쇼 보기를 좋아하고, 요리하기를 좋아하고, 여행을 자주 다니고, 페미니스트이며, 전문직 여성인데 임신했다고 갑자기 내가 '임산부'로만 취급당하는 것도 낯설지만 대부분의 대화 주제가 '내 배 크기'라면 어리둥절해지는 게 당연하지 않은가.

내가 할 말은 "제 배를 왜 멋대로 보고 함부로 말씀하세요"뿐이지만 오늘도 친절히 다 설명해주고 말았다. 배는 조금씩 일정하게 커지는 게 아니라 중기부터 천천히 나오기 시작해 출산예정일이 가까워질수록 아기와 함께 마구 커지는 거라고 인내심을 갖고 매번 알려준다. 배 속 아기에게도 성장 과정이란 게 있거든.

개인차가 있지만 임신한 여성들은 배가 작아도 근심, 커도 근심이다. 배가 작으면 아기의 성장이 더뎌 문제가 되는 건 아닐까 싶어 무리하게 먹고 토하는 임부가 있는가 하면, 척추가 몸을 지탱하기 버거울 정도로 배가 커져 허리 질병이 생기거나 하체 부종으로 고생하는 임부도 있다.

사람들은 너무도 쉽게 임부의 배가 크네, 작네 이야기하지만 그중에 임부나 아기를 걱정하는 마음은 얼마나 있을까. 다 차치하고서라도, 사람의 외모를 품평하는 게 무례라는 걸 아는 사람들도 임신한 여성의 배 크기나 체중 증가에 대해선 이야기해도 된다고 생각하는 건 어쩐지 이상하다.

ㄴ, **또로로로롱**

배가 덜 나오면 배가 작다 말 많고, 배가 나와도 벌써 막달 배 같다 그러고… 뭐로든 한 소리 듣는 임산부죠;;; 3주 차이 나는 임신한 아는 동생도 배가 많이 안 나오는 게 스트레스인지 사진만 봤다 하면 비교·분석 들어가서 도리어 저도 스트레스 받네요.

ㄴ, **시처럼 아름다운**

저도 막달까지 배가 그다지 안 나와서 '님처럼 배가 안 나오는 거면 나는 애를 하나 더 낳겠다'는 어이없는 피드백까지 받았어요. 물론 그분은 배가 너무 많이 나와서 힘들었다는 무용담 추가. 배 크기와 힘듦이 어디 비례하나요.

5개월

다이내믹 코리아의 다이내믹 임산부

16주차

#태동 #모성애 #믿음의 영역

2018년 4월 10일

아랫배에서 뭔가 계속 꾸룩꾸룩 한다. 이런 걸 태동이라고 하나 보다. 임신한 지 5개월만에야 내 배 속에 뭔가가 있다는 게 느껴진다. 태동을 느꼈다고 하니 친구가 내게 조심스레 이제 모성애가 생겼냐고 물어본다.

모성애는 종교 같은 거라고 생각한다. 모성애에 대한 믿음이 좋은 사람들에겐 있고, 나에겐 없는 그런 것.

어느 임부의 블로그 포스팅에는, 여행을 가고 싶은데 임부의 몸으로 가기엔 조금 무리인 일정 같아 배 속 아기에게 양해를 구하고 허락 맡고 다녀왔다는 글이 있었다. 한참을 생각했다. 태아에게 양해를 구하고 허락을 맡았다는 게 도대체 무슨 말일까. 도대체 어떻게 했다는 걸까. 감정보다 이성으로 논리 회로를 작동시키는 내가 이해하기는 어려운 말이었다.

그러다 이를 믿음의 영역이라고 보니 이상할 것이 없어졌다. 보이지 않는 '신'이라는 존재를 향해 간절히 기도하기도 하고, 힘들 때 의지하기도 하고, 어떤 일을 두고 신이 한 일이라며 찬양하거나 원망하는 사람들도 있다. 남에게 피해를 주지 않는데도 실체가 없고 증명할 수 없다는 이유로 믿음을 비난하거나 함부로 종교를 판단하는 것은 무례하고 옳지 못한 일이다. 모성애라는 것 역시 그렇게 받아들여야 하지 않을까.

임부는 아기와 인격적인 관계를 맺기는커녕 아직 아기 얼굴도 제대로 마주한 적 없다. 따라서 모성애가 모든 임부에게 항상 있을 수도 없고 반드시 있어야 하는 것도 아니다. 그렇지만 태중에서부터 아기에게 모성애를 느끼는 임부를 자의로나 타의로나 모성신화에 부역하는 사람으로만 여겨서도 안 된다.

ㄴ, 초봄을 키우는 여름

저는 질식분만으로 아기를 낳았지만 백일이 넘어서야 좀 친해진 기분이 들었는데 말이죠. 낳자마자 뿅 모성애가 생긴다는 사람들이 참 신기했어요. 출산 후 아기를 가슴 위에 올려줬을 때 진짜 이 '핏덩이'는 왜 지금 여기 있나 신기하기만 하더라고요.

ㄴ, 잠(沈夢)

배에 품은 순간부터, 직접 공기 들이쉰 지 13년이 된 지금까지도, 사람들이 말하는 그 모성애가 저한텐 없는지라… 저는 모성애란 아이와 내가 서로 익숙해져가며 정이 붙고 책임감이 생기는 거라고 생각해요.

#임신·출산 커뮤니티 #핑크색 #젠더 감수성

2018년 4월 11일

임신을 하게 되면서 커뮤니티 언어의 새로운 장이 펼쳐졌다. 알 수 없는 말들이 넘실대는데 혼자 그 뜻을 파악하느라 애를 먹었다. 임신·출산 커뮤니티의 게시판을 열심히 관찰한 결과, 임산부들의 언어는 줄여 말하기와 돌려 말하기로 양분되는 것 같았다.

줄여 말하기

배테기: 배란 테스트기

임테기: 임신 테스트기

계유: 계류유산 (태아가 자궁에서 사망)

화유: 화학유산 (태아가 아기집이 생기기 전에 사망)

자임: 자연임신 (시험관이나 인공수정 등의 의료적 처치 없이 임신)

촘파: 초음파 검사 (질촘파/배촘파로 응용)

자분: 자연분만

제왕: 제왕절개

돌려 말하기

초매직: 임테기를 간절한 마음으로 보면 매직아이처럼 간신히 두 줄로 보임

단호박: 임신가능성 없이 단호한 임테기 한 줄

111 혹은 222: 매일 혹은 이틀에 한 번 섹스

숙제: 병원에서 섹스하라고 지정해준 날

아기 옷 색깔: 분홍이면 여아, 파랑이면 남아

말을 줄여 쓰는 건 어느 커뮤니티에나 있는 일이지만 돌려 말하기는 가끔 당황스럽기도 하다. 여성 커뮤니티에서 종종 보이던 '소중이'라는 말이 여성의 성기를 뜻한다는 걸 알았을 때처럼 말이다.

제일 이상하다 싶었던 건 '숙제'라는 말이었다. 난임으로 고생하는 사람들이 난임 병원에 다녀온 후기를 보면 꼭 '숙제일'을 받아온다. 임신 확률이 높은 배란기, 그러니까 일체의 피임 없이 섹스하는 날인 건 알겠다. 병원에서 날

짜를 지정해주며 '숙제'하라고 말하느냐고, 정말 '숙제'라는 용어를 쓰냐고 물으니 그렇단다. 병원에서까지 '성관계' 혹은 '섹스'라는 말을 사용하지 않고 '숙제'라는 말로 돌려 말한다니, 이게 전문가의 입에도 제대로 올리기 불편한 그렇게 어려운 말인가 싶고, 자연임신은 섹스를 통해야만 이뤄지는데 어째서 은밀하게만 언급해야 하는 건지 머리를 갸우뚱했다.

지난번 정기검진에선 초음파로 아기를 보며 아기의 뇌 둘레, 배 둘레, 뼈 길이 등을 하나하나 재서 알려주던 담당의가 돌연 내게 아기 옷 색깔이 궁금한지 물었다. 아기 옷 색깔? 무슨 이야기인지 조금도 눈치를 못 채 남편과 마주보고 눈만 서로 끔뻑끔뻑하다가 뭐든 아기에 관한 정보겠지 하고 "네" 했는데 '핑크색'이란다. 아, 아기의 성별을 이렇게 알려주는구나. 왜 이렇게까지 돌려 말하나 싶어 찾아봤더니 임신 32주 이전의 태아 성 감별은 의료법 위반이라고 한다. 그래도 이런 식의 성 고정관념이 가득한 성별 고지는 불쾌했다.

이미 10년 전에 태아 성 감별 고지 금지 조항이 위헌으로 판결났지만, 개정된 의료법 제20조에 따르면 의료인은 태아 성 감별을 목적으로 임부를 진찰하거나 검사하여서는 안 되고 진찰이나 검사 중 태아의 성을 알게 되더라도 임신 32주 이전에 고지하는 것은 불법이라고 명시되어 있더라. 태아 성 감별에 대해서는 여아 선별 낙태를 비롯한 다양한 이야기를 할 수 있겠지만 무려 2018년에 병원에서 핑크색 옷을 준비하란 이야기를 들으니 그 구시대적 감수성에 기분이 좋지 않다.

남편과 이 낡은 젠더 감수성에 대해 이야기하면서 어떤 식으로 아기 성별을 고지하면 좋을까 고민했는데, 생물학적 요소를 언급하지 않고는 어떤 말을 하더라도 성 고정관념을 벗어나긴 힘들다는 결론이 났다. 여자들은 무엇이든 할 수 있는데Girls can do anything, 생물학적 요소를 언급하지 않고 옷 색깔로 남아와 여아를 어떻게 구분한단 말인가.

#임신하면 죄인 #남성이면 합격

2018년 4월 13일

회사에 임신한 동료들이 더 생겼다. 나보다 몇 달 앞서 임신한 선배가 임신 소식을 알릴 때도, 내가 임신 소식을 알릴 때도, 따뜻하게 축하하는 분위기는 아니었지만 지금은 보스부터 신입까지 부서의 위기라고들 이야기한다. 한창 널뛰는 호르몬에 고생하고 있을 초기 임산부 동료들이 걱정된다. 내가 느끼는 이 위화감이 그들에겐 더 크게 느

껴질 텐데.

결국 보스가 우리 부서의 전 직원을 불러 모았다. 급격히 많아진 업무에 대한 이야기를 하는가 싶더니 결국 임신한 여성 직원들에 대해 말을 꺼낸다. 임신 당사자도 같은 공간에 불러놓고 "임산부가 많지만 업무에 빈틈 생기지 않도록 긴장하라"는 말을 하려면, 업무 중 임산부에 대한 배려도 같이 언급해야 온당하지 않나 싶지만 역시 그런 건 없다. 그 자리에서 나는 그저 임신해 죄인이 된 것만 같았다. 고개를 들어 동료들을 바라보기가 힘들었다. 육아휴직자의 대체근무자를 채용하지 않는 회사이지만 상황이 상황이라며 다급하게 신규 채용을 논의했다. 신규 채용자는 학력, 경력, 실적 다 필요 없고 남성이면 합격이라는 우스갯소리를 했지만 전혀 웃기지 않았다.

이런 뻔한 질문을 던지고 싶다. 다음 중 잘못은 누구에게 있는가? 비난은 누가 받아야 하는가? 미안함은 누가 느껴야 하는가?

1. 회사 업무가 늘어난 시기에 임신한 여성 직원
2. 일이 갑자기 더 많아져 임신한 직원이 얄미운 동료
3. 직원이 임신하더라도 업무에 공백이 생기지 않도록 시스템을 마련해두지 않은 회사

정답이 1번 혹은 2번이라고 생각하는 사람이 있다면 거울을 들여다보라고 말하고 싶다. 당신 얼굴 한번 보라고. 그리고 부끄러움을 느꼈으면 좋겠다.

ㄴ 익명

나는 시간강사이기에 출산휴가를 따로 쓸 수 없었고 방학에 맞춰 아이를 낳기 위해 계획임신을 했다. 임신은 생각보다 더 괴로웠다. 먹지 않으면 괴로운데 강의 도중 아무것도 먹을 수 없어 속은 항상 시끄러웠고, 만삭까지 서서 일해야 하니 고통스러웠다. 시간강사는 계약직이라 임신 여부를 주위에 알리기 힘들어 배려도 포기했다. 1월에 아이를 낳고 3월부터 일해야 했는데 수유실 하나 없는 공간에서 일을 하니 젖은 곧 말랐다. 이런 상황에서 출산하라는 사회가 우습다. 임신일기 님의 기록은 이런 사회의 현실을 알려주고 개선하라는 경고다.

17주차

#공통의 정서 #객체화 #대상화

2018년 4월 17일

태동이라는 게 배 속 아기가 건강하게 자라고 있음을 느끼고, 보이지 않지만 어쨌든 내 아기인 생명체와 교감하는 낭만적인 일인 줄만 알았다. 임신을 그리는 미디어에선 그렇게만 보여줬으니까. 처음에는 배 속에서 기포가 보글보글 올라오듯 간지럽고 귀여운 느낌에 신기하기도 했지만, 지금은 자궁이 요동칠 때마다 깜짝 놀라 심장이 떨어질 거 같고 무섭다.

아기가 배 속에서 모체를 건드리는 게 임부에겐 '불편한 감각'이라는 공통의 정서가 필요하단 생각을 한다. 월경이 아기를 준비하는 신비하고 고귀한 과정이라는 기존의 가

르침에서 벗어나 아프고 짜증나고 번거로운 일이라는 인식이 퍼졌던 것처럼 말이다. 태동에 움찔하며 오늘도 사회에 만연한 모성신화와 홀로 씨름한다.

배가 커지면서 지인들에게 배 한번 만져봐도 되냐는 소리를 종종 듣고 있다. 이런 요상한 요청을 하는 사람들에게 열심히 이야기해주고 있다. 당신에겐 '와 신기하다, 와 아기다' 하는 느낌이겠지만 사실 내 입장에선 이건 그냥 내 배이고, 내가 당신 배를 만질 때 당신이 느낄 감정과 크게 다르지 않을 거라고 말이다.

아기가 들어 있는 네 배를 한번 만져봐도 되겠냐, 신기하겠다 하는 이야기는 나를 아기 캐리어로 느끼게 한다. 장난감이 된 기분도 든다. 여성으로 살면서 객체화, 대상화되는 기분은 언제나 더러웠지만 임신 이후엔 더 속절없이 '임신한 여성'이라는 객체가 됐다.

아기를 출산한 이후에 내 몸은 어떻게 될까? 아기와 함께하는 장밋빛 미래를 아무리 상상해보려 해도 내 몸에 대해서만큼은 포기하게 된다. 얼마나 변하게 될까? 아기를 낳은 후에 기를 쓰고 노력한대도 이전과 같은 몸일 수 없단 걸 알고 있다.

#부담스러운 태담과 태교

2018년 4월 19일

태동을 느끼면 배에 손을 대고 아기에게 말을 건네라는 조언들을 듣는다. 한참 뇌가 성숙 중인 아기에게 태담보다 효과적인 태교는 없다면서. 내가 태동을 불편해하면 아기 스스로 자기 존재를 부정적으로 느낄까 봐 태동 때마다 당황스런 마음을 무시하려 하지만 영 쉽지가 않다.

태담과 태교에 부담을 느끼고 있다. 늘 나 잘난 맛에 내 멋대로 살아왔지만, 내 생각과 행동이 내가 아닌 다른 인격체의 형성에 지대한 영향을 끼친다는 건 무서운 이야기다. 아기가 내게 종속되지 않고, 독립적인 한 사람으로 자기 인생을 살아가길 바라는데 태중에서부터 내게 묶인다는 생각이 들 때면 고통스럽다.

태담과 태교의 이야기가 논리적인 것 같아 불안함에 논문을 검색했다. 이전부터 많은 연구들은 태교의 효과에 대해 이야기하고 실험으로 증명하고 있었다. 그러나 2000년대 이후 연구들은 임부의 태교 스트레스에 주목하면서 태교라는 이름으로 주어지는 각종 자극이나 피상적 정보가 오히려 태아와 임부의 안정을 저해하여 더 큰 부작용을 가져올 수도 있음을 고려해야 한다고 주장한다. 또한 임부의 스트레스를 줄이는 것 자체를 태교로 보고 숲태교, 무용태교 등 다양한 방법들을 모색하는 경향을 보인다.[8]

임신 중기의 태아는 엄마의 목소리를 식별하고 엄마의 감정을 그대로 느낄 수 있다고 한다. 그래서 임신 중기가 되자, 아기에게 엄마가 차분한 목소리로 사랑한다는 말을 자주 들려주고 행복을 교감해야 한다는 이야기를 여기저기서 듣는다. 그러나 최근의 연구들을 찾아보니 계속 나 잘난 맛에 내 멋대로 기분 좋게 사는 게 아기 정서에 가장 건강한 일이겠다는 생각이 든다.

ㄴ 아유

아기가 커서 태동하면 아파요. ㅠㅠ 그래서 저도 태동이 있을 때마다 태담을 건넵니다. '아기야, 움직이지 마라. 나 아프다. 얼른 자라.' 그러면 가끔 얌전해지기도 합니다. 다른 때는 제 말을 무시하고 움직이기도 하고요.

ㄴ 또로로로롱

31주인 저도 아직 태담이 자연스럽지는 않아요. 다 성향 차이인 거 같아요. 너무 자연스럽게 사랑을 담아 많은 이야기를 하는 엄마가 있는 거고, 저처럼 필요할 때, 하고 싶을 때 하는 엄마도 있고요. 태담을 억지로 의식해서 하고 싶진 않더라고요. 태교도요. 내 마음 편할 때 말하고 태교하는 듯해요.

#가슴을 덮은 유륜 #유두 각질까지

2018년 4월 20일

유륜이 온 가슴을 다 덮을 기세다. 내 생애 없을 줄만 알았던 큰 가슴에 기분이 좋았던 것도 사실이지만 수유 후 바람 빠진 풍선처럼 탄력 없이 처질 걸 알고 있다. 유두에 각질이 일어나고 유두 사이사이 노란 때가 계속 낀다. 오일을 발라 살살 밀어보려다 혼자 오르가슴을 느끼고 자궁이 수축해서 고통만 받았다.

샤워를 하려다 결국 남편을 불렀다. 내가 할 수 있는 건 서서 머리를 감고 상반신을 씻는 일뿐이었다. 허리를 굽히거나 쪼그려 앉으면 배가 땅겨서 한참 고통스럽다. 아무리 사랑한대도 남편에게 내 항문 세척을 맡기고 싶진 않았는데 말이다. 남편이 출장으로 집에 없거나 괜히 남편이 미운 날에는 씻지도 못하겠구나 하는 생각이 들었다.

이전엔 임신이라 하면 예쁘게 배 나온 여성이 배 속 아기와 교감하며 좋은 음식 먹고 좋은 이야기만 듣는 모습을 자연스레 연상했다. 발은커녕 내 항문도 내가 스스로 못 닦으면서 오르가슴을 느낄까 봐 내 모든 섬세함을 끌어 모아 유두의 때를 닦아내고 있을 줄 누가 알았겠는가. 임부의 일상은 상당수 절망이다.

18주차

#요도괄약근 #모욕감

2018년 4월 21일

양치를 하다가 칫솔을 너무 깊이 넣었는지 배에 힘이 들어가더니 요도괄약근에 힘이 풀려 그대로 오줌을 쌌다. 내 몸이 계속 나에게 모욕감을 준다. 빨리 나가야 하는데 별 수 없이 속옷을 빨고 샤워를 했다. 나는 샤워하는 시간이 너무 싫다. 내 몸 구석구석에 손이 안 닿으니 육체적으로도 힘들고, 이런 나를 받아들이면서 정신적으로도 괴로움을 느낀다.

이렇게 내 몸이 나를 괴롭힐 줄 몰랐다. 임신을 경험했대도 이런 일은 너무 수치스럽고 말하기 불편해 친구에게도 이야기하기 쉽지 않다. 이런 세세하고 노골적인 이야기는 우리 엄마도 듣기 싫어하겠지.

내가 힘들어하면 사람들이 내 배에 대고 이렇게 말한다.

"아기야, 엄마 힘들게 하지 마."

"아기야, 커서 얼마나 효도를 하려고 엄마를 이렇게 괴롭히니?"

내가 원해서 아기를 가졌다. 이건 아기가 날 괴롭히는 게 아니라 임신 중 일어나는 일이다. 임산부가 겪는 일상의 상황과 현상은 모두 덮어둔 채, 아기에게 효도를 주문하는 게 아무래도 불편하다.

ㄴ, 익명

저는 하루에도 몇 번씩 속옷을 갈아입어요. 출산 후 요가나 케겔 운동 열심히 하셔야 해요. 아니면 계속 인간성 상실에 가까운 모욕감을 수시로 느끼게 됩니다. 운동으로 완치가 안 될 수도 있다는 더 나쁜 뉴스도 있긴 하지만요…

ㄴ, 곰순곰순

임산부인 저는 지금 감기에 걸렸는데, 기침할 때마다 힘드네요. 지금은 좀 괜찮은데 기침이 심할 때는 하루저녁에 속옷을 세 번도 갈아입었어요. ㅠㅠ 생리대 남은 걸 쓰기도 했답니다.

#3일 연속 지하철 분노 일기 #1일차

2018년 4월 23일

오랜만에 지하철을 탔다. 한동안 다른 교통수단을 이용하면서 비교적 평안하게 지냈는데 이번 주엔 지하철로 퇴근을 할 것 같다.

임신 초기에는 극심한 무기력과 입덧 때문에 지하철에서 서서 가는 게 힘들었다면, 중기가 되니 움직이는 지하철에 서 있을 때 배에 힘이 들어가서 배가 뭉치고 땅긴다. 배 속 아기가 크면서 뚱뚱해지는 내 몸이 싫었는데, 가끔 임산부 배지를 깜빡하고 나온 날은 임산부라는 게 티가 날 정도로 배가 나왔으면 하는 생각도 든다.

물론 오늘도 여전히 비어 있는 임산부배려석은 없다. 한숨 한 번 깊게 쉬고 고민 없이, 지체 없이 물었다. 임산부배려석에 앉아 있는 사람이 여성이면 혹시 임산부냐고 묻고, 남성이면 제가 임산부인데 좀 앉아도 되겠느냐 물었다. 오늘 만난 두 명의 비임산부는 건조하게 묻는 내 말에 대답 없이 기계처럼 일어나 자리를 비켜줬다. 나도 기계처럼 목례를 하고 조용히 앉았다.

매일 지하철을 탈 때는 배려 없는 사회와 사람들을 마주하는 게 너무 힘들었는데 이제는 전처럼 상처받지 않는다.

배려를 간청하거나 혹은 구걸해야만 임산부'배려'석에 '배려받아' 앉을 수 있다는 건 정의로운 누군가에겐 분노할 하나의 사건일지도 모른다. 그러나 이 상황이 일상인 당사자는 모욕감에 무뎌지지 않으면 자신을 지키기가 어렵다. 그러니 사실상 전처럼 상처받지 않는다는 건, 상처받지 않으려 노력한다는 말일 뿐이다.

기계처럼 배려를 요청하고, 비켜주면 기계처럼 앉는다. 안 비켜줘도 마음 쓰거나 분노하지 않겠다고 다짐하면서. 지금도 매일 지하철을 이용해야 하는 다른 임산부들은 어떻게 마음을 지키고 있을까. 이런 배려 없는 사회에서 아기 낳는 거, 정말 괜찮을까?

#3일 연속 지하철 분노 일기 #2일차

2018년 4월 24일

오늘도 지하철을 탔다. 임산부배려석에 앉아 있던 분이 내 배와 임산부 배지를 차례로 보더니 자리에 앉으라고 눈짓을 한다. 목례를 하고 앉으려는 찰나 내 옆에 서 있던 사람이 빈 자리에 앉으려고 움직였고, 자리에서 일어나시던 분이 나를 의자로 밀어버렸다. 의자에 엉덩이를 찧으며 쿵 소리가 났다.

양보란 뭘까? 임산부배려석이란 뭘까? 인간이란 뭘까? 엉덩이는 물론 배에도 강한 충격이 왔다. 지하철만 타면 평범했던 일상도 다이내믹해진다. 다이내믹 코리아의 다이내믹 임산부.

#3일 연속 지하철 분노 일기 #3일차

2018년 4월 25일

가슴 아프지만 오늘도 쓰는 지하철 분노 일기. 내가 지하철에서 겪은 일만 모아도 보통의 사람들이 임산부를 어떻게 대하는지, 임산부가 일상에서 어떤 일을 겪는지에 관한 좋은 자료가 될 것 같다는 슬픈 생각이 든다.

여느 날처럼 임산부배려석 앞에 섰다. 그 자리에 앉아 있던 사람은 내 배지를 봤지만 모르는 척 계속 스마트폰만 보더라. 고개를 돌려 숨 한 번 길게 내쉬고 혹시 임산부냐 물으니 "임산부요? 아닌데요?" 하며 계속 스마트폰을 봤다. 다시 불러 제가 임산부인데 좀 앉아도 되겠느냐 물으니 어이가 없다는 듯 웃으며 "그러세요…" 했다. 모욕이 익숙해지지 않는다. 나를 지키기가 이렇게나 어렵다.

#임신하고서 듣기 싫은 말들

2018년 4월 26일

임신하고서 너무 듣기 싫은 말들. 기록해뒀다가 아기를 낳고서도 이런 말은 절대 하지 말아야지.

"아기가 배 속에 있을 때가 제일 편한 거야. 아기 태어나면 진짜 지옥이야."
"입덧이 아기가 건강하다는 증거야. 그러니 엄마가 힘들어도 좀 참아야지."
"아기 낳을 때까지 입덧하는 사람도 있더라."
"애가 애를 가졌네."
"임산부가 커피 마셔도 돼? 초콜릿 먹어도 돼? 그것도 먹어?"
"아직도 배가 하나도 안 나왔네. 아기가 크고 있기는 하나."
"마른 몸에 배만 볼록 나오니까 외계인 같아."
"엄마가 마르면 아기가 안 건강해. 억지로라도 먹어. 토하더라도 먹어."
"너 임신했다고 피해의식이 너무 심해졌어."
"너만 힘든 거 아니야. 엄마라면 누구나 다 겪는 일이야."
"임신했다고 쉴 궁리만 하면 일은 누가 해. 그러면 전부 다 임신하지."

"이제 슬슬 둘째도 계획해야겠네?"
"딸이야? 다음엔 아들 낳으면 되겠네. 성비가 맞아야지."
"입덧 더 심하게 하는 사람도 있더라. 너 정도면 살만하지."
"이제 살찌겠네. 살찌면 어떤 모습일지 궁금하다."
"임산부가 그런 말을 하면 어떡해. 아기가 배 속에서 다 듣는데 좋은 말만 해야지."
"그러게 임산부가 지하철을 왜 타. 남들도 눈치 볼 뿐더러 육아 하려면 어차피 운전해야 해."

한 마디 한 마디 기억해낼수록 화가 나네.

입덧이 없어진 후로 커피를 매일 한 잔 마시고 있다. 이것만으로도 내 행복도가 많이 올랐다. 지독했던 입덧이 끝나자마자 그때 내가 왜 그렇게 힘들어했는지 모르겠더라. 이미 고통에서 벗어난 사람이 그 감각을 기억하기란 쉽지 않다. 내가 죽고 싶을 만큼, 임신을 중단하고 싶을 만큼 괴로웠다는 그 감정만 어렴풋하게 남아 있다. 그 당시 적었던 내 일기를 보면서 조금씩 기억을 되짚을 뿐이다. 경험했다고 쉽게 말해선 안 되는 이유다.

19주차

#수술한 남편 #간병인 임부

2018년 4월 29일

남편이 급성 충수염(맹장 끝 충수돌기에 발생하는 염증)으로 수술을 했다. 보호자인 나는 입원실의 흔한 면회객 의자에 쪼그려 누워, 계속 뭉치는 배를 잡고 병실을 지켰다. 나는 간병인으로는 아주 꽝이다. 임신 중엔 언제나 유산의 위험을 안고 있기도 하고 자궁이 한창 커지는 중이라 온 관절이 욱신거려 내가 남편에게 해줄 수 있는 게 없다. 남편은 혼자 화장실에 가고 혼자 밥을 받아먹고 식기까지 혼자 반납했다. 환자에게 도움도 안 되니 작은 의자에 누워 뭉친 배만 어루만지고 있었는데, 네가 아무리 힘들어봐야 수술한 남편만큼 힘들겠냐는 아빠의 질책 때문에 집에도 못 갔다.

엄마는 나를 임신했을 때 어린 오빠를 업고 병중이셨던 할아버지 대소변을 다 받았단다. 임신하면 원래 다 그런 건데 어디 특별히 아픈 것도 아니면서 남편 혼자 입원실에 있게 하고 의자에 계속 누워만 있는 건 시가나 남들 보기 안 좋다며 아빠에게서 또 한 소리를 들었다.

아빠의 모든 말과 그 기저에 깔린 사고에 화가 난다. 임신도 안 해본 아빠가 임신이 다른 것보다 덜 힘들고 말고를 판단하는 것도, 딸 가진 나의 양친만 유독 사돈의 눈치를 보는 것도 그렇다. 아무리 이전엔 이런 말들이 용인되어왔더라도 이제부턴 안 된다. 이래선 정말 안 된다.

#태아를 위험에 빠뜨린 엄마 #오명

2018년 5월 1일

문득 임신 중에 급성 충수염이 발생하면 어떻게 되나 궁금해졌다. 급성 충수염은 원인이 불명이고 조심한다고 해서 조심할 수 있는 게 아니기 때문에 누구도 방심할 수 없다. 임산부들의 블로그 수기들을 찾아보니 임산부가 충수염에 걸리면 임신 주수에 따라, 임산부와 태아 상태에 따라 겪는 일과 처치가 다른 거 같았다. 아기가 배 속에 있으니 임신으로 인한 통증인지 염증인지 구분하기도 어려울

뿐더러, 위험을 인지하고 긴박하게 병원에 간대도 임산부라는 이유로 충수염 여부를 판단하는 데는 오랜 시간이 걸린다고 한다. 보통은 CT 촬영으로 한 번에 파악이 가능한데, 임산부의 경우 CT 촬영이 태아에 위험을 가할 수 있어 피 검사로 염증 수치만 파악하고 증세를 종합해 진단을 내릴 수밖에 없다고.

수술을 한다 해도 마취제를 사용하는 것부터 수술 방법까지, 선택하는 것도 까다롭다. 환자가 정말 위험한 수준이 아니고서야 태아의 안녕을 우선으로 두기 때문이다. 임신 중 급성 충수염을 앓았던 어떤 임산부의 블로그에서는 산부인과 전문의의 소견을 받아오지 않고서는 충수염 진단도 내려주지 않았단다. 임산부의 충수염 수술의 경우, 태동을 확인하고 자궁수축을 안정시키는 게 가장 중요해 충수염 수술의 성공 여부보다 조산 위험을 극복하는 것을 관건으로 둔다는데 임산부 충수염에 대해 찾아볼수록 최선의 방법은 없고 차선만 고민할 뿐이었다. 실은, 차선이라 해도 임산부가 아니라 태아에게 어떤 게 차선일지 고민하는 거다.

아무리 제 몸을 잘 살피고 조심한다 해도 원인 불명인 질병이 임산부에게 발생했을 때 임산부의 입장에서 최선을 선택하지 못하는 상황도 안타깝지만 사람들은 그런 임산부를 두고 '태아를 위험에 빠뜨린 엄마'라는 오명부터 먼저 씌우는 것 같아 씁쓸해졌다.

#육아휴직 악용 #고민하지 않는 행정
2018년 5월 3일

올해가 절반도 채 지나지 않았는데 사무실의 동료들은 내년 달력을 보며 휴가를 계획한다. 아, 나는 이제 아기가 태어나면 한동안은 공휴일에 샌드위치 연가를 써도 여행을 못 가겠구나.

눈 딱 감고 친지에게 아기를 맡긴 후 내년 명절에 해외여행을 가볼까 하여 설레는 마음으로 알아보는데 옆에서 동료가 우리 회사에선 육아휴직 기간에 출입국 사실이 발생하면 회사에 보고해야 하고 아기를 동반하지 않은 경우엔 소명해야 할 거란 놀라운 이야기를 들려준다. 육아휴직 때는 육아가 본업이기 때문에 아기를 돌보지 않으면서 여행을 간다면 업무태만에 해당하고, 업무태만은 해고사유도 될 수 있단다. 이런 믿을 수 없는 이야기가 사실이라고?

열심히 검색을 해보니 실제로 공무원에 대해서는 기관에 따라 육아휴직 중 출입국 사항을 확인하고 있었다. 이는 휴직기간 중 휴직사유와 다른 활동으로 휴직목적에 위배될 시 복직을 명할 수 있다는 공무원임용령 제57조의 규정을 근거로 한다. 회사를 다니는 중이어도 정해진 업무 시간이 아니라면 온전히 개인의 시간이고 연간 15일 이상의 법정휴가 역시 사용자의 간섭 없이 자유롭게 사용할 수 있는데 육아휴직 중엔 퇴근도 주말도 휴가도 없이 그 '본업'이라는 육아만 해야 한다는 이야기일까. 나는 공무원도 아니지만 우리 회사에서는 휴직기간 중 휴직목적에 맞게 시간을 보내고 있는지 확인하며 출입국 과정에서 확인서를 제출하게 한다. 이렇게 개인적인 문서를 요구한다는 것은 명백한 사생활 침해인데도 어떻게 이런 일이 가능한 걸까 싶어 알아보니, 놀랍게도 육아휴직 기간에 아기를 동반하지 않고 장기해외여행 혹은 어학연수를 가거나 대학원에 진학한 공무원들이 발각되어 휴직 중 다른 활동에 대해 엄격히 확인하기로 했다고 한다. 아니, 그 바쁘다는 육아 중에 이런 일을 할 수 있는 사람들이 정말 있었다고? 다양한 기사를 확인해보니 놀랍지도 않게 대부분 남성 육아휴직자들이 벌인 일이었다.[9] 육아를 핑계로 휴직계를 낸 후 아기의 양육은 모두 아내에게 맡긴 채 본인의 승진과 여가를 위해 시간을 이용한 남성들 때문에 진짜 아기를 양육하는 사람들만 피해를 입게 됐다.

행정도 참 그렇다. 육아휴직을 악용한 남성들을 제대로

처벌하고 재발 방지를 위해 탄탄한 장치를 구축하기보다는 모든 육아휴직자를 억압하는 방식으로 사건을 해결하려는 행정적 나태함이 사회적으로, 경제적으로, 자의로, 타의로 육아를 떠맡게 된 여성을 더 집에만 가두고 말았다. 고민하지 않는 행정가들은 이 죗값을 어떻게 치르려고 그러나.

#배 뭉침=자궁수축=통증!
2018년 5월 4일

샤워 후 몸의 물기를 닦고는 고개를 숙여 아무 생각 없이 침을 뱉었는데 침이 내 배에 그대로 뚝 떨어졌다. 번거롭지만 몸을 다시 헹궜다. 이렇게 배가 나온 적이 없어 적응을 못 하고 있다.

같은 자세로 오래 있거나 자세가 조금이라도 불편하면 배가 쉽게 뭉친다. 평소엔 배가 말랑말랑한데 배가 뭉치면 그 부분이 아주 딱딱해진다. 배 뭉치는 게 어떤 느낌이냐는 질문을 받을 때면 배에 쥐가 나는 것처럼 경련이 일어나는 통증이라 답하곤 한다. 배가 뭉친다는 건 자궁이 수축한다는 건데, 자궁도 없는 남성들이 물으면 그들에겐 "발기한 성기를 압박하면 이런 느낌일까?" 하고 되묻기도 한다. 열심히 설명한대도 어떤 남성들은 자기는 평생 알 일 없다는 듯 이 통증을 가볍게 여기더라. 공감해보려 묻는 게 아니라는 것만 확인할 뿐이다. 아무튼 배가 뭉쳐 너무 아프다.

배를 마사지하면 자궁수축이 심해질 수 있어 태아의 안전에 안 좋단다. 배 뭉침, 그러니까 자궁수축이 계속되면 자궁이 배 속 태아를 강제로 밀어내려는 시도로 이어질 수도 있다.[10] 결국 배가 뭉칠 때면 간신히 몸을 꿈틀꿈틀 움직여 편한 자세로 바꾸고 배 뭉침이 풀리기만을 기다린다. 평소엔 아기가 내 몸을 차는 게 아파서 태동이 무서운데, 이럴 때는 태동이 간절해진다. 배 뭉침이 일 때마다 아기도 같이 긴장하는 건 아닌가 걱정한다.

지하철에 서 있을 때 배가 뭉치면 얼마나 난감한지 모른다. 소리 지를 수도 신음할 수도 없는데, 또 거기서 배를 잡고 오만상을 쓰고 있기엔 "나 임산부예요. 자리 양보해주세요" 하고 시위하는 것 같아 민망한 마음만 든다. 내가 요청하지 않아도 임산부배려석이 비워져 있기만을 바라지만 세상은 내 마음 같지 않다.

6개월

사람들의 무지는 왜 당연한지, 왜 설명은 모두 내 몫인지

20주차

#절반 #쉽지가 않다

2018년 5월 5일

오늘로 임신 20주, 6개월이 되었다. 꽤 긴 시간 고통받아왔다고 생각했는데 아기가 세상 밖으로 나오려면 아직 반이나 더 남았다. 하루가 다르게 변화하는 내 몸이 어색하고, 이런 내 감정을 설명하는 건 또 구차하고. 얼굴도 모르는 아기를 내 아기로 받아들여야 하는 연습도 쉽지가 않다. 절반 잘 견뎠으니 앞으로도 더 힘내보자.

#방광 #빈뇨 #굽은 어깨
2018년 5월 10일

백과사전 설명에 따르면 방광의 주요 기능은 '소변을 저장하고 배출하는 것'이라고 한다. 그렇다면 요즘 내 방광은 제 기능을 잘 못하고 있다. 소변을 저장하는 시간은 매우 짧은데 배출만 열심히 한다. 물 한 모금 마셨을 뿐인데 5분도 안 되어 심한 방광 압박감에 화장실에 가보면 정말 한 모금 물 마신 만큼만 배출한다. 이렇게 오늘도 열댓 번 화장실에 갔다.

임신 초기엔 자궁이 골반 아래에서 커지면서 자던 중 빈뇨가 심했다. 입덧이 사라지면서 빈뇨감도 없어지는가 싶더니만 아기가 커진 지금은 다른 느낌으로 빈뇨가 심해졌다. 방광 압박을 그저 참고 있으면 오른쪽 옆구리에 통증이 온다. 신우염인가 걱정했는데 부쩍 커진 아기가 방광을 누르면서 신우염 통증처럼 옆구리에 찌릿한 통증이 생기는 거라고 한다. 배 속에서 아기가 자라면서 내 장기들도 원래 위치에서 다 벗어난 것 같다.

어깨도 잘 안 펴진다. 거울로 내 옆모습을 보다가 엄마처럼 굽은 어깨에 깜짝 놀랐다. 의식적으로 펴보려 해도 잘 펴지지 않고, 어깨와 허리를 바로 할수록 배가 땡땡하게 팽창되어 나도 아프고 아기에게도 영향이 갈까 걱정한다. 무게중심이 변하면서 어떻게 서야 바로 서는 건지도 모르겠다. 내 몸이 너무 어색하다.

#성 고정관념 #아기 성별

2018년 5월 11일

사람들은 정말 재미있다. 나와 남편은 아기가 태중에서부터 젠더 편견에 시달리지 않기를 바라, 친밀한 관계가 아니고서야 웬만해선 아기 성별을 알려주지 않고 있다. 누군가 아기 성별을 물어오면 병원에서 안 알려줬다며 모르는 척한다. 아기 옷을 핑크색으로 준비하라고만 했지 그게 꼭 성별을 의미한 게 아닐 수도 있으니까(?) 완전히 거짓말은 아니다. 그런데도 내 입덧 경향을 보고, 내 배 모양을 보고, 내 뒷모습을 보고, 아기의 태동 강도를 보고 확신에 차서 아기 성별을 추측하는 사람들 보면 너무 재미있다.

아기 성별을 모른다고 하길 잘했다고 생각한다. 이런 사람들은 아기가 막 생겼을 때부터 어떤 성별을 원하는지, 아기 성별이 안 궁금한지 물어왔고 난 늘 이렇게 대답했다.

"제가 기대하는 성별이 무슨 소용인가요."

그들은 그저 내가 정할 수 없는 거라 특정 성별을 기대해봐야 소용없다는 말로 이해했겠지만 나는 아이가 스스로 고민하는 젠더에 더 관심이 있다.

21세기에 비과학에 의존해 아기 성별을 추측하는 것도 참 재미있지만, 아기가 세상에 나오기도 전에 성 고정관념을 부여해 앞으로 살길까지 정해버리는 건 한 인격을 멋대로 제한하는 오만한 일이라는 걸 좀 알았으면 좋겠다.

21주차

#보험 #임신 제외 #출산 제외

2018년 5월 14일

임신을 했다고 하니 아기를 낳은 경험이 있는 지인들은 하나같이 임신기 중 절대 입원하지 않길 바란다고 빌어줬다. 임신을 이유로 아프게 되면 네 몸도 몸이지만 보험이 안 돼 경제적으로도 힘들어질 거라고 했다. 그때까지만 해도 크게 걱정하지는 않았다. 건강보험은 적용되지 않더라도 나는 개인보험을 골고루 아주 많이 들어놨으니까.

그런데 요 며칠 배가 뭉치는 것이 심상치 않았다. 이게 조기진통인 건 아닐까. 혹시 조산의 위험이 있는 건 아닐까. 걱정은 되지만 현대의학의 도움을 받아 약물을 투여받고 필요한 처치를 하면 충분히 견뎌낼 수 있을 거라 생각하며 내가 들어놓은 보험의 약관들을 살펴봤다. 어린이보험(태아보험)까지 매달 적지 않은 보험료를 내고 있으니 중복보장도 가능한지 확인해보려는 심산이었다. 그런데 이게 무슨 일이지. 확인하는 보험 약관마다 '임신·출산으로 인한 경우는 보장 제외'라는 문구가 있네.

임신 중 산부인과 진료비나 검사비에 보험 적용이 안 된다는 게 나는 국가에서 보장하는 건강보험 이야기인 줄 알았다. 병원에서 임신 주수에 따라 행해지는 검사를 안내받을 때 어떤 검사는 건강보험이 적용되지만 어떤 건 안 된다고 들었기 때문이다. 그 정도 수준이 아니라 임신으로 인해 치료를 받는 경우엔 개인보험 그러니까 실비보험 처리도 안 되는 거라고?

이제야 당황스럽기 시작했다. 임신 초기에는 입덧이 심해 탈수현상으로, 중기나 후기엔 자궁수축이나 임신성 당뇨로, 임부라면 정말 흔하게들 입원하는데 실비보험 처리가 안 된다니 어처구니가 없다. 내가 지금도 비용을 지불하고 있는 암보험, 생명보험, 실비보험, CI보험, 어린이보험 모두 임신 중엔 무용지물이라니(어린이보험 내 모성자 담보 즉, 산모 특약이 가능하기도 하지만 내 경우에는 안내를 받지 못했다. 산모 특약의 경우에도 쌍둥이인 경우나, 두 번째 임신의 경우에는 가입하기 어렵다는 이야기도 있었다. 혹시 보험 가입을 생각하는 여성이 있다면 임신 및 출산과 관련된 조항들은 미리 파악해 가입하기를 권한다).

원래 몸이 약하기도 하고 초산이라 그런지 배가 자주 뭉친다. 배가 뭉친다는 건 자궁이 수축한다는 거고, 이 수축이 규칙적이면 진통이라고 본다. 병원에서 들은 바에 의하면, 조기 자궁수축은 조산할 수 있는 위급한 일이라 병원에 입원해 자궁수축억제제를 투여받으며 가만히 누워 있는 일밖에 해법이 없다고 한다. 그러나 보험의 혜택을 받지 못하는 나의 경우는 불의의 일이 생겼을 때 이 모든 비용을 스스로 감당해야 한다는 거다.

보험에 대한 이야기를 하니 어떤 이는 본디 보험이란 건 사람들이 미리 금전을 각출하여 공통자금을 준비하고 이후 사고발생자에게 지급하는 구조이기 때문에 임신 관련 질병을 보장하면 임신 계획이 없는 여성에겐 부당하단 이야기를 한다. 인생이란 그 누구도 어떻게 흘러갈지 모르기 때문에 보험을 드는 게 아니었던가? 임신 계획은 있다가도 없고 없다가도 있게 될 뿐더러, 더 문제가 되는 건 '계획하지 않은 임신'일 텐데 이에 대해서도 같은 주장을 하려나. 그는 보험수리학을 운운하며 보험의 임신 관련 보장에 대한 주장이 비합리적이라고 매도했지만 그의 말은 결국 다 이런 뜻이라고 생각한다.

"원래 임신·출산이란 게 다 당신 몫이다. 모르고 시작했나?"

관행이 어떠하든 더 이상 이래서는 안 된다고 계속 이야기하는데 사람들은 왜 끊임없이 나를 가르치려 들고, 왜 내가 다 감당해야 한다고 말하는 걸까.

앞으로 내 몸은 어떻게 될까. 병원에 입원해야 하는 상황이 오지 않으면 좋겠다. 매달 수십만 원의 보험료를 지불하니 입원이나 의료비에 대한 부담이 전혀 없을 거라 안심했는데 이게 무슨 상황이지… 임신과 출산은 질병으로 보지 않기 때문에 실비보험 처리가 안 된다는 말이 너무 우습다.

#아기에겐 의무가 없다 #내 결정 #내 선택

2018년 5월 15일

이런 몸으로 회사를 다니는 게 부담이 된다. 하루하루 간신히 출근하는 나를 보면서 청소년 자녀를 둔 상사는 "나도 애 낳느라 그렇게 힘들었는데 지금은 웬수야, 웬수. 고생해봐야 다 소용없어" 하며 혀를 찬다. 몸은 힘들지만 아기와 함께할 날들을 기대하며 견뎌내고 있는 내게 왜 그런 말로 우리의 미래까지 매장하려는지 알 수도 없고 알고 싶지도 않지만, 그만큼 자녀를 양육하는 게 제 맘 같지 않다는 뜻이라 생각한다.

남편과 임신을 계획할 때부터 임신과 출산이 아무리 힘들었어도 아기에게 "널 낳느라 내가 이렇게나 고생했다"는 말 따윈 하지 않기로 다짐했다. 내 결정이고 내 선택이었다. 내 결정과 선택에 책임을 진다는 건 나, 공동체, 사회가 제 역할을 다하지 못해 일어나는 어려움 때문에 아기를 탓하지 않는 것일 거다. 나는 내 역할을 잘 해내고 있으니 이제는 사회가 제대로 작동했으면 좋겠다. 아기에겐 의무가 없다.

#산후조리원 #내 몸에 돈을 쓰자

2018년 5월 16일

산후조리원을 예약했다. 결혼식이나 혼수도 간소하게 했던 터라 처음 산후조리원 가격을 듣고는 화들짝 놀랐지만, 임신기를 겪으면서 산후조리원만큼은 좋은 곳으로 가야겠다고 생각했다. 여기저기 알아보지도 않고 이 지역에서 제일 좋다는 한 곳만 둘러봤고 바로 예약했다. 이제 내 몸에 돈을 써야겠다.

조리원 가격이 2주에 330만 원이다. 여기에 산후마사지

7회를 추가해 70만 원을 더 결제할 계획이다. 살면서 2주 생활에 400만 원을 써본 적이 있던가. 신혼여행에도 그렇게 안 썼다. 면회금지 조항과 아기와 동실하지 않는 게 이 조리원의 강점이라 생각했다. 아기 낳고 2주만큼은 남편과 호텔살이처럼 지내야지. 생각만큼 우아하진 않겠지만 말이다.

#생명체 #남편의 서포트

2018년 5월 17일

하루하루 커져가는 내 배를 보면 문득 신기하단 생각이 든다. 내가 모르는 새에 아기가 정말 자라고 있긴 하구나. 아기의 일은 성장이고, 배 속의 내 아기는 그 일을 정말 열심히 하고 있구나. 이렇게 이 작은 생명체에 집중하다 보면 가슴이 뭉클해진다. 나도 힘을 내서 나를 잘 지키고 내 일을 열심히 해야지.

임신을 지금까지 지속할 수 있던 건 전적으로 내 몸의 헌신과 수고 덕분이지만 이를 위해서는 남편의 서포트가 아주 중요했다. 맞벌이 부부가 같은 시간에 출근하고 같은 시간에 퇴근할 때는 육체가 보다 건강한 남편이 집안일을 더 많이 하는 게 공평하다는 서로 간의 합의가 있어 결혼 초부터 가사 노동은 대부분 남편이 맡아 했다. 배 속에 아기가 있는 지금은 내가 안식에만 집중할 수 있도록 그가 가사 노동을 하나부터 열까지 다하고 있다.

남편은 임신의 수고를 함께 질 방법을 늘 고민하고, 또 생각한 대로 실천하고 있다. 그건 내가 임신을 유지하는 데 큰 도움이 됐다. 그런데 어쩐지 이런 얘길 하면 사람들은 불편해한다. 임신했다고 남편을 부려먹는 거냐며 내게 이기적이라 말하는 사람부터, 남편이 불쌍하다는 사람까지. 남편이 가사를 도맡는다는 건 아내가 남편을 부려먹는다는 걸까. 그렇다면 임신하지도 않은 남성들은 왜 그렇게들 아내를 부려먹는 걸까. 그래도 부럽다는 자매들의 이야기는 서글프고, 이를 공격으로 받아들이는 남성들은 한심하다.

사실 남편은 임신 당사자인 나와 가장 친밀한 사람이자 배 속 아기의 공동양육자이므로 '물이 항상 젖어 있는 것water is wet'처럼 당연히 이 짐을 나눠 져야 하지만, 사람들은 이런 남편을 신화에서나 등장하는 유니콘 같은 존재라 말하며 신기해한다. 제아무리 수고하는 남편이래도 임신 당사자만큼은 못 하다. 내가 손가락만 까닥거리며 밥만 먹고 잠만 자더라도 말이다. 아기와 함께하는 행복은 거저로 오지 않는다. 당신이 남성일지라도 말이다.

#딸이라 아빠가 좋아하겠네

2018년 5월 18일

병원에서는 보통 임신 3개월이 되면 아기 성별을 넌지시 일러준다. 임신한 지 6개월이나 되어버리니 더 이상 아기 성별을 모른다고 할 수가 없어 누군가 성별을 물으면 여아라고 이야기한다. 그럼 항상 듣는 소리가 있다.

"딸이라 아빠가 좋아하겠네."

열댓 번을 들었지만 나는 도대체 이 말이 무슨 뜻인지 모르겠다. 아기의 성별이 양육자에게 어떤 기쁨을 준다는 건지, 그렇다면 우리는 도대체 어느 지점에서 기뻐해야 하는지. 그 성별 자체가 기쁨이 될 수 있기는 한가? 아기의 성별 때문에 기쁜 것이 아니라, 아기 성별에 따라 사회가 기대하는 성 역할을 떠올리는 것 아닌가? 성별에 따라 양육방식에 대한 고민이 다를 수는 있겠지만 양육자 중 '부父'만 특정해 "아빠가 좋아하겠네" 하는 말은 도대체 무슨 의미일까.

#낙태죄 폐지를 지지하는 '임신일기'

2018년 5월 19일

낙태죄 처벌 위헌 여부에 대한 헌법소원의 첫 공개변론이 5일 앞으로 다가왔다. 2018년의 우리나라에는 여전히 '부녀가 낙태한 때에는 1년 이하 징역 또는 200만 원 이하 벌금에 처한다'라는 형법 269조 제1항과 '의사, 한의사, 조산사 등이 부녀의 촉탁을 받아 낙태한 때에는 2년 이하 징역에 처한다'는 형법 270조 제1항이 있다. 국가가 주체가 되어, 여성의 몸을 탄압하는 비인권적 폭력을 법으로 보장하고 있는 셈이다(2019년 4월 11일 헌법재판소는 낙태죄에 대해 헌법불합치 결정을 내렸다).

공개변론을 앞두고 한국여성민우회에서 진행하는 낙태죄 폐지 해시태그 운동에 나도 참여했다.

↳ 임신일기

임신한 여성은 인간이다. 인간은 자기 몸에서 일어나는 일에 대해 스스로 결정할 수 있어야 한다. 병원에서 안전하게 임신을 중단할 권리는 임신의 주체인 여성의 기본권이어야 한다. 여성의 몸은 여성의 것이다.

 # 낙태죄_폐지를_지지하는_임신일기

22주차

#무지와 무례 #수모와 설명
2018년 5월 23일

임신 6개월의 나는 뒤뚱뒤뚱 걷는다. 한 걸음 한 걸음 내딛을 때마다 "아이고, 엉덩이야" 소리가 입에서 절로 나온다. 5년 전 유럽여행 갔을 때 매일 3만 보씩 걸으면서 허리와 엉덩이 통증을 호소했는데 딱 그때 느낌이다. 지금은 온종일 3천 보도 안 걷지만 말이다.

뒷모습은 예전과 크게 다른 게 없어 임산부 같아 뵈지 않나 보다. 양쪽 엉덩이를 한 손씩 부여잡고 "아이고" 소리 내며 한 발 한 발 열심히 내딛고 있으면, 옆에서 보던 누군가는 꼭 배도 별로 안 나오고 살도 안 쪘으면서 저런다고 무심코 말을 던진다. 아기가 배 속에 생긴 뒤로 지금까지 체중이 5킬로그램 정도 증가했는데 이게 다 자궁 안에서만 일어난 일이다. 주먹만 했던 자궁이 커지고 커져 골반을 비롯한 뼈의 지형까지 바꿔놓았으니 작은 움직임에도 몸에 무리가 가는 건 잠깐만 생각해도 알 수 있는 간단한 개념 아닐까. 그 정도 성의도 없으면서 입으로 문장을 구사해 내뱉는 수고는 왜 하는지 모르겠다.

그렇지만 나는 슬프게도, 사회에서 임신한 여성이 약자라는 것을 너무 잘 알아서 무례한 말들에 무기력하게 당하고 만다. 그러다가 내가 어떤 상황이고, 어째서 이렇게 힘들어하는지 차근차근 일러줄 때가 많다. 결국엔 내가 배려를 구해야 할 때가 오기 때문이다. 임신한 내 몸에 대해 이야기하다보면 내가 이렇게까지 구구절절하게 설명해야 하나 싶어 마음이 차게 식는다.

사람들의 무지는 어째서 당연한 것으로 여겨지는지. 그들의 무례는 어찌나 당당한지. 왜 설명은 모두 내 몫이어야 하는지. 과거와 현재의 임산부들은 도대체 얼마나 수모를 겪어온 건지. 왜 달라지지 않는지.

ㄴ Nariel1

남편들뿐 아니라 어려서부터 전 국민이 임산부 체험을 다 해보도록 해야 해요. 이렇게 힘들게 아이를 품고 있다가 낳는 거다, 함부로 대해서는 안 되고 보호해야 한다, 국민 모두 필수로 교육받아야 합니다. '저출산' 어쩌구 하면서 쓸데없는 예산낭비는 그만하고요.

#충실한 재생산 도구 #'일·가정 양립'이라는 짐

2018년 5월 25일

제발 아기를 낳으라면서도 아기가 생긴 이후의 삶에는 관심 없는 국가가 괘씸했다. 아기가 태어나면 내 삶은 어떻게 될까? 육아휴직을 하고 집에서 아기를 돌보겠지만 다시 복직을 한대도 그전과 같은 역량을 발휘하며 내 경력을 쌓아갈 수 있을까? 아기 낳은 여성이 업무적 기량을 뽐내며 능력 있는 사람으로 인정받는 걸 용납하지 못하는 지금 사회에서, 여성에게만 주어지는 '일·가정 양립'이라는 짐을 혼자 짊어지면서 버텨낼 수 있을까? 아기를 낳기로 결정했지만 잿빛 미래까지 선택하려던 것은 아니었다. 하지만 아기가 배 속에 생기면서 정신과 육체뿐 아니라 내 미래도 망가진 듯하다.

낙태죄 폐지에 대한 헌법소원이 이뤄지자, 5월 24일 헌법재판소가 낙태죄 관련 형법 269조 제1항 등에 대한 공개변론을 진행했다. 어제 퇴근길, 하루를 별 탈 없이 마쳤다고 안도하며 느긋하게 포털사이트 메인 기사를 보다가,

헌법재판소에 제출한 법무부의 공개변론 요지서를 읽고는 상심에서 벗어나기 힘들었다. 법무부는 낙태죄 폐지를 요구하는 여성을 "성교는 하되 그에 따른 결과인 임신과 출산은 원하지 않는" 사람으로 폄훼하며 태아의 생명권과 여성의 자기결정권이 마치 대치되는 양 그 둘 간의 우위를 논하려 했다. 국가에게 임신한 '나'는 삶의 주체이자 서사를 가지는 인격체가 아니라, 법으로 허용된 관계 안에서 성교를 하고 아기를 낳는 국가의 충직한 재생산 도구였을 뿐이다.

모욕감에 손이 떨리고 울컥했다. 대한민국 법무부는 임신하거나 임신하지 않은, 아기를 낳았거나 낳지 않은, 이 나라의 모든 여성을 모욕했다. 실은, 태어나는 모든 생명을 모욕한 것이다.

나를 아는 어떤 사람들은 '배 속에 아기를 가진 여자'가 그렇게 모든 사안에 민감하게 반응하고 성질을 부려대면 어떡하느냐고 나무란다. 본디 어떤 사람이었건 임신을 했으면 이전의 삶과 결별하고 배 속의 아기를 위해 온순해지려고 노력을 해야지, 태아가 부정적 감정부터 배울까 걱정이란다. 태아가 여아라는 게 밝혀지면서 이런 쇄언이 더 심해졌다. 그 말이 옳다면 아기는 말 그대로 모태 페미니스트다. 아주 잘 크고 있다. 아기는 걱정들 마셔라.

가만 생각하면 좀 이상하다. 배 속의 아기는 그렇게나 걱정하는 사람들이 임신한 여성의 건강과 근무환경에는 어쩜 이리 무관심할까. 그저 난자와 정자가 결합한 세포덩어리에 불과한 배아에는 인격까지 부여해 그 생명의 소중함을 주장해대면서 진짜 인생이라는 걸 살아내고 있는 여성의 존재는 아주 쉽게 무시해버린 대한민국 법무부처럼 말이다.

23주차

#트로피 #'정상 가족' #가정의 달

2018년 5월 27일

나와 내 남편과 내 배 속의 아기는 내 양친의 훌륭한 트로피다. 나는 비교적 젊은 나이에 외모와 성품이 준수한 남자와 결혼을 했고 국가가 허락한 '정상 가족' 내에서 아기까지 가졌다. 이는 행복이나 고통, 인생, 미래를 고민하는 나 개인의 서사와는 별개로 내 양친에겐 자랑거리가 되었다.

양친께서 출석하고 있는 교회에 다녀왔다. 가정의 달이란 명목으로 교회에서 이날 예배에 가족 모두를 참여시키라고 했나 보다. 가족과 떨어져 제 교회를 다니거나 교회와 전혀 관계없는 삶을 사는 가족구성원들도 있을 텐데 어떻게 이런 기획을 했을까. 게다가 오늘 모인 가족끼리 점심식사를 하고 사진을 찍어 제출하면 추첨해 선물을 준다며, 교회에서는 원래 주던 점심식사도 제공하지 않는다고 했다. 혈연이나 혼인으로 구성된 가족만 '가족'으로 인정하는 교회에서 자의 또는 타의로 1인 가족이 된 교인들의 점심식사를 명목 좋게 없애버린 셈이다. 고민 없는 게으른 기획은 너무 큰 죄라고 생각했지만, 어쨌든 나는 오늘 양친의 트로피 역할에 충실하자고 마음먹었다.

나처럼 동원된 가족들이 많았는지 교회에 사람이 북적거렸다. 그 인파를 지나다니는데 가는 길마다 사람들이 알은체를 하며 내 배를 만져댔다. 나는 그저 속수무책으로 당할 수밖에 없었다.

"송 장로님 딸이지? 배가 많이 나왔네" 하고 내 배를 스윽. "얼마 전에 결혼했다더니 아기 가졌나 보네" 하고 스윽. "권사님이 기도를 많이 하시더니 하나님의 은혜로 예쁜 아기까지 생겼구나" 하고 또 스윽.

입만 웃는 얼굴로 "네" "네" 건성으로 대답하고 배를 붙잡은 채 뒤뚱뒤뚱 사람들 사이를 달리듯 걸어가는데 그냥 지나만 가도 온 교회 사람들이 내 배에 한 번씩 손을 댄다.

저기서부터 여기까지 10미터 걸어오는데 대략 스무 명은 내 배를 만진 거 같다고 펄펄 뛰면서 엄마에게 화를 내니, 나도 (감히 사나워서) 못 만져본 내 딸 배를 그렇게들 만졌냐면서 어이없어하지만 그래도 교회에선 예의 있게 행동하라며 내게 주의를 준다. 예의 없던 건 내가 아니었을 텐데 말이다. 그 옆에서 또 아빠는 남들도 다 만졌는데 이제 자기도 좀 만져보면 안 되겠냐며 다 성장하여 임신까지 한 딸에게 헛소리를 한다. 공공재 배의 삶 시작된 건가.

교회에서 이야기하는 '가족'이란 참 재미있는 개념이다. 교회는 늘 화목한 가족을 강조하는데, 가정 내 아내폭력과 아동학대의 해법은 가해남편이나 양육자에 대한 피해자의 용서라고 이야기한다. 가정의 달 행사를 진행하지만 동성 커플은 성경에 어긋나니 있어도 없는 가족이고, 혼자 사는 노인이나 비혼 인구에 대한 이해도 없다. 아기는 누군가가 기도를 많이 해 하나님의 은혜로 생기는 것이라 난임가족에겐 기도와 은혜가 더 필요하고, 임신한 여성의 몸을 만지는 건 (임신한 여성은 주체가 아니라 인격도 감정도 없는 아기 담은 저장소에 가까우므로) 무례라기보다는 따뜻한 관심의 표현이란다.

오늘날 한국 교회가 다양한 가정의 형태를 없는 것 취급하려면 이른바 '정상 가족'이라도 잘 수호해야 하지만 실은 그마저도 제대로 못한다.

#망각하는 동물 #기록의 의미
2018년 5월 28일

임신 초기였던 몇 달 전, 임신 이후 몸에서 일어나는 변화들과 사회에서 겪는 어려움에 대해 인터뷰를 한 적이 있다. 그때 녹음했던 파일을 오늘 받아 듣는데 입덧으로 고생했던 그 시간들이 내 음성으로 고스란히 재생됐다. 그러면서 '임신일기'를 기록하길 정말 잘했다고 생각했다. 사람은 망각하는 동물이라 현재의 감각이 아니면 제대로 느낄 수 없다. 이 일기는 임신을 경험했다는 오만함만 남을지 모르는 내 미래를 위한 선물일 수도 있겠다.

임신 중 타인에게 들었던 불쾌한 말과 그 상황들을 기록하는 것도 같은 이유에서다. 내가 느꼈던 불쾌함을 누군가에게 다시 전가하지 않기 위해서. 사람들이 나를 불쾌하게 할 목적으로 그런 말과 행동을 하는 것이라 생각하진 않는다. 그러나 임신 당사자가 타인의 의도를 계속 헤아릴 필요도 없고 무례한 타인들의 변명이 더 이상 용납되어서도 안 된다. 나조차도 내 일기를 되돌아보지 않았더라면 초기 임산부한테 실례를 범했을지 모른다. 이건 정말 끔찍한 일이다.

#체중 #임신성 당뇨 #임신성 비만

2018년 5월 29일

아침에 눈 뜨면 바로 체중을 재고 매일의 변동을 기록하고 있다. 46킬로그램에서 시작한 내 몸무게는 임신 23주가 되면서 52킬로그램을 넘어섰다. 임신한 사람이 이렇게 말라서 되겠냐는 사람들도 있지만 중기가 되면서 쑥쑥 늘어만 가는 몸무게가 나는 두렵다. 사람들은 내가 살찌는 걸 왜 이렇게 좋아하는지 모르겠다. 나는 임신성 비만이나 임신성 당뇨를 걱정하는데 말이다.

신체질량지수BMI에 따라 권장되는 체중이 다른데 내 경우 만삭까지 10킬로그램 정도 증가하는 것이 알맞다고 한다. 덜 찌면 아기에게 양분이 부족할 테고 더 찌면 임산부나 아기에게 당뇨가 온단다. 이래도 무섭고 저래도 무섭다. 많이 좀 먹으라는 이야기도 싫고, 임신성 당뇨 온다고 그만 먹으라는 이야기도 싫다. 아기를 위한다는 이런저런 이야기에 내 정신을 붙잡기가 힘들다.

#각기 다른 모성서사

2018년 5월 30일

태동을 영상으로 찍으면 눈에 띄게 배가 삐죽삐죽 움직인다. 겉으로 보일 만큼 아기가 움직일 때면 모체가 느끼는 충격은 더 크다.

사실 태동이 흔히들 말하는 것처럼 귀엽다거나 아름답기만 한 건 아니다. 편안한 자세로 누워 의식적으로 태동을 기다릴 땐 아기가 삐죽삐죽 제 움직임을 드러내는 게 재미있기도 하지만 회사에서 업무에 집중하던 중 아기가 마구 움직이면 너무 아프고 성가시다.

요즘 모성에 대해 자주 생각한다. 매일 태동을 관찰하며 생명의 신비란 것을 느끼고 있는데 이런 과정들을 통해 모성애 역시 내 안에서 태동하는 것 같다. 나는 모성애란 임신을 했다고 저절로 생겨나는 게 아니라, 나만의 특별한 시선으로 자궁 속 아기의 움직임을 관찰하고, 아기에서 비롯한 내 고민을 발전시키고 결정하는 여러 체험을 기반으로 자라나는 거라 생각한다. 저마다 모성이 나타나는 방식이 다르고, 그래서 각기 다른 모성애의 서사를 인정해야 한다.

#반 샷 #동지애

2018년 6월 1일

가끔씩 가던 카페에서 카페라테를 주문하니 점원이 날 보고는 "에스프레소 반 샷이시죠?" 하고 묻는다. 동료가 "어, 아시나 봐요" 하니 "임산부들은 샷을 줄여달라고 하시더라고요" 한다.

커피 한 잔이 임산부나 아기에게 문제가 없다고 하지만 나를 비롯한 임산부들은 스스로 더 조심하고 자제하기도 한다. 선택이란 걸 한다는 이야기다.

임산부들은 커피에 넣을 에스프레소 샷을 줄여달라고 한다는 점원의 말에 어떤 동지애를 느꼈다. 커피라는 자신의 기호를 포기하지 않으면서 아기와 내 몸을 돌보는 일도 나름의 기준으로 해내고 있는, 어딘가에 있는 임산부들의 존재에 괜히 울컥했다. 어떤 사람들은 임신한 여성에게 그 무엇보다 배 속 아기 생각을 먼저 해야 한다고 이야기하고, 어떤 사람들은 임신해서 제 삶을 잃어버려 불쌍하다며 동정한다. 그러나 아주 놀랍게도, 임신한 여성은 배 속 아기를 돌보면서 자기 자신도 돌볼 줄 알고 행복을 누릴 줄도 안다. 우리는 임신의 도구가 아니라 인생의 주체다.

24주차

#태교여행 #나만을 위한 삶을 정리하는 시간

2018년 6월 3일

남편과 해외로 여행을 왔다. 이 시기쯤 되면 '태교여행'이라는 이름으로 많은 임부들이 여행을 다닌다. 입덧도 끝났고 배도 그렇게 많이 나오지 않은 지금이 임신기 중 최대 안정기이기 때문이다. 태교여행을 계획하며 이건 태교라기보다는 나의 절박함과 간절함의 여행이 아닐까 생각했다. 아기가 태어나기 전, 남편과 둘이 다녀오는 마지막 여행일지도 모르고 이 시기가 지나면 오직 나만을 위한 삶이 가능할지 자신할 수도 없다.

이곳에서 아이들과 함께 여행 온 한국인 가족들을 많이 만났다. 스노클링을 하러 탄 배에서 만난 한 대가족의 아기 엄마는 아기를 아기 띠로 안고서는 항해 내내 한 번도 아기를 내려놓질 못했다. 어떤 사정이 있는지는 모르지만 아기 아빠나 다른 친지가 아기를 잠시 안고 있을 법도 한데 말이다. 제 값을 지불하고 스노클링 배에 승선했을 텐데 아기 엄마는 장비 하나 고르지 않았다.

두 아이와 함께 쇼핑몰에 온 한 가정의 엄마는 쇼핑은커녕 간식이건 물이건 아이들에게 똑같이 나눠주느라 애를 먹는 것같이 보였다. 엄마가 아이들과 배분하느라 씨름하는 동안 아빠는 급하게 쇼핑몰을 돌아다니며 아이들 물건 이것저것을 두 개씩 담느라 분주했다.

아기가 태어난다는 건 더 이상 그 이전의 삶, 취미, 기호, 행복이 없을 수도 있다는 걸 뜻하는 거 같다. 물론 새로운, 그리고 더 좋은 인생이 펼쳐질지도 모르지만 그건 정말 모르는 일이다. 태교여행이란 건 그런 거다. 아직 아기가 태어나지 않은 내 삶을 마지막으로 정리하는 시간.

#임신이 핸디캡인 나라

2018년 6월 4일

한국에서는 내가 임산부라는 게 핸디캡으로 작용했다. 나는 느리게 걷고 조심스럽게 행동했고, 사람들은 이런 나

를 귀찮아했다. 특히 공공장소에선 약자라서 더 움츠러들고 사람들의 눈치를 봤다. 그런데 이곳에선 불룩 나온 내 배가 축복처럼 느껴진다. 현지인들은 "오, 베이비Oh, baby!" 하며 이방인인 나를 반겨주고 축하의 인사를 건넨다. 남편과 둘이 허둥지둥하고 있으면 언제 어디서든 현지인들이 "오 베이비!"라며 선뜻 도와주고 넌지시 음식도 나눠준다.

한국의 지하철에서는 맞을까 봐 늘 긴장해 있었다. 몸이 예전 같지 않아서 큰소리로 화도 잘 못 내고 민첩하게 신고도 못 할 거 같았지만 이건 내가 약자라서 어쩔 수 없이 감당해야 한다고만 생각했다. 가만, 약자로서 감당해야 할 일이라는 게 시민사회에서 도대체 무슨 말이지?

어떤 사람들은 임신한 나를 "질싸(질 내 사정)인증녀"라고 했고, 어떤 사람들은 내게 "망혼(망한 결혼)해서 유충 배어놓고 저 힘들다고 징징대는 사람"이라고 했다. 어떤 사람들은 엄마라면 누구나 힘든 임신기를 겪는다며 내게 엄살이 심하다고 했고, 어떤 사람들은 제 욕심으로 임신해놓고 사회의 배려를 바란다며 이기적이라 했다.

며칠 전에는 미국에 거주하며 비슷한 시기에 임신을 한 친구가 내 트윗 타래에 대해 올린 글을 읽다가 돌연 분노가 치솟았다.

ㄴ, **한뽀츄**

'임신일기' 계정주와 나는 나이도 비슷하고 둘 다 일을 하고 있는 임산부다. 우리가 다른 점은 사는 나라뿐이다.
나는 밖에 나가서도 엄청 많은 배려를 받는다. 사실 조금 용쓰면 혼자 앉았다 일어날 수 있고 문도 혼자 열 수 있고 장 볼 때 다른 사람들이랑 마찬가지로 줄을 서서 기다릴 수도 있다. 그렇지만 나를 알지도 못하는 사람들이 문을 잡아준다. 내가 의자에서 일어나려고 할 때는 "도와줄까?" 하고 물어본다. 줄 서 있을 때도 앞에 있는 사람이 "너 먼저 계산할래? 난 좀 더 기다려도 돼"라고 말해준다. 그 사람들은 나를 오늘 처음 봤고 다시 볼 일도 없을 텐데 내가 임산부라는 이유 하나만으로 날 배려해주고, 축하해주고, 먼저 도움이 필요한지 물어봐준다.
직장에서도 임신했다고 날 짐짝 취급하지 않았고 내가 화장실에 자주 간다 해도 아무도 눈치 주지 않았다. 일하는 시간은 줄여줬고 원래 내가 하던 일들 중 몸 쓰는 일은 동료가 대신 해주고 있다. 내가 컨디션이 안 좋아 보이는 날에는 물이라도 챙겨주고, 쉬는 시간도 조금 더 가지라고 이야기해준다.
그러나 '임신일기' 계정주가 처한 상황은 내 상황과 판이하게 다르다. 이런 분위기에서 한국은 절대 저출생 면치 못할 것이고 그나마 태어난 아이들도 건강한 시민으로 키워내기 어려울 것이다.

임산부인 내겐 배려 없는 사회가 기본값이었는데 그건 그저 내가 한국에 살고 있기 때문이었다. 마트에서 줄을 비켜준다고? 회사에서 이런 배려를 한다고? 나는 임신해 죄인이 된 것처럼 지내는데 말이다.

사람들은 내게 더 조심하고 좋은 말만 하고 좋은 생각만 하라고 말했다. 그러나 '순산'하려면 운동을 꼭 해야 하니 이 심부름도 하고, 이 짐도 좀 들라고 했다. 적절한 일은 임산부에게 도움이 되니 이전과 동일한 업무량을 수행해야 한다고 했다. 그러면서도 임산부가 있어 모두가 수고를 나눠 지고 있다고 했다.

비슷한 시기에 임신한 그 친구와 종종 안부를 묻고 임신 증세에 관한 이야기를 나눈다. 많은 부분 공감하고 위로하며 출산까지 잘 버텨보자고 서로를 응원하며 함께 이 시기를 지내고 있다. 그러나 그 친구와 나에겐 넘을 수 없는 장벽이 있었네.

한국에서는 임산부로 사는 게 너무 서러웠다. 이런저런 소리를 듣는 게 피곤했다. 나는 본래 전투적인 사람이고 불편한 소리엔 참지 않지만 임신 자체가 벅차 언제부턴가 싸우지 않았다. 그냥 그렇게 지냈다. 그런데 지금 이곳에선 다르다. 여전히 나는 임산부이지만 내 리듬에 맞게 여행을 즐기고 있다. 몸은 불편하지만 사람들의 환대와 배려로 아주 즐거운 시간들을 보내고 있다. 이곳에선 내가 임산부라는 게, 내가 약자라는 게 핸디캡이 아니다.

#난 절대 그러지 말아야지

2018년 6월 7일

임신 7개월이 되니 태동이 정말 말 그대로 '태동胎動'이다. 배 속에서 아기가 쉴 새 없이 움직이는데 이 진동이 내게 고스란히 느껴진다. 심장박동처럼 짧고 규칙적인 진동이 느껴지기도 하는데 발로 차는 느낌과는 달라 찾아보니 아기가 배 속에서 딸꾹질을 하는 거란다. 모체는 이런 것까지 느낀다.

배 속 아기가 모체의 양수를 마시고 오줌으로 배출하면 그대로 내 방광에 쌓인다. 그리고 아기는 내 방광을 계속 건든다. 나는 물 한 모금 마시고도 온종일 오줌 참은 사람처럼 방광을 부여잡고 화장실로 달려간다. 화장실을 못 찾은 날에는 별수 없이 적절하지 못한 곳에서 실례를 범하기도 했다.

회사에선 내가 자리를 자주 비우니 눈치를 준다. "어딜 또 다녀와?" "자리를 자주 비우네" 같은 말들은 내 방광이 제 기능을 못 한다는 걸 알 거라 생각했던 출산 경험자들에게서도 들으며 서운했는데, 알고 보니 이들은 임신기에 방광 때문에 불편한 적이 없었단다. 임신 경험이라는 거 저마다 정말 많이 다르구나.

애석하게도 이제는 알았다고 해서 내가 화장실에 자주 갈 수밖에 없는 걸 이해해주지도 않는다. 그들이 임신했을 때 직장의 배려 없이 모두 혼자서 감당해냈기 때문에 후배들도 응당 그래야 한다고 생각하는 걸까. 그때의 고통을 모두 잊어 그저 당신 일이 아니라고만 생각하는 걸까. 어느 쪽이든 알 게 뭔가. 그저 제 본모습이라 생각한다.

그럴 때면 늘 나는 '그러지 말아야지. 나는 절대 내 후배들에게 악행을 되풀이하지 말아야지' 다짐하지만, 이런 문화를 견뎌내면서 회사를 계속 잘 다닐 수 있을지 모르겠다. 임신을 하고 직장생활이 더 외로워졌다.

#나를 위한 말은 없다 #잔소리
2018년 6월 8일

태교여행을 가면서 별 이야기를 많이 들었다. 임산부가 위험하게 어딜 가냐는 소리는 아주 흔했고, 태교는 무슨 태교냐며 저 좋자고 가는 거지 핑계도 좋다는 소리, 아기 낳으면 돈 들어갈 곳도 많은데 철없다는 소리, 국내에도

좋은 데 많은데 겉멋 들었다는 소리. 임신 전에도 안 들었던 얘길 잔뜩 들었다.

사람들은 그냥 임산부가 만만한 걸까? 대학생 시절부터 매년 한두 번은 꼭 해외여행을 다녀왔다. 결혼하고서는 더 자주 외국에 나갔다 왔지만 특별히 나를 나무라는 사람은 우리 엄마밖에 없었다. 지금은 온 주변인이 한 소리씩 보탠다. 내가 지금 임신했다고 갑자기 사회적 계급이 확 낮아진 건가.

생각해보면 태교여행뿐 아니라 임신한 이후로 별별 잔소리를 참 많이 들었다. 사람들은 나를 걱정한다는 듯 임산부가 그러면 안 되지, 이렇게 해야지, 저렇게 해야지 갖은 소리들을 쏟아냈는데 그중 정말 나를 위한 말은 없어도 너무 없었다. 임산부를 보면 잔소리를 꼭 해야겠다는 의무감이라도 샘솟는 걸까.

7개월

출산하는 여성을 위한 나라는 없다

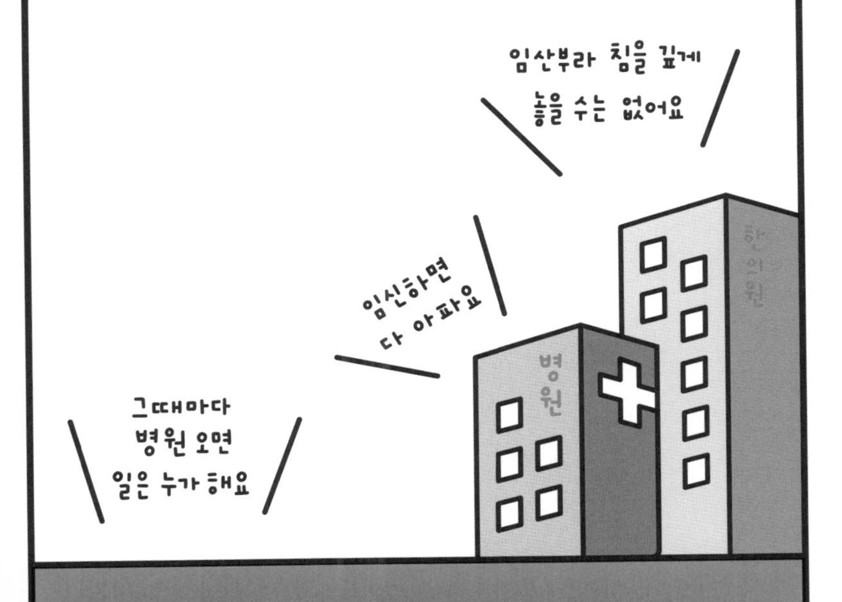

25주차

#육아서적 #아빠는 어디에

2018년 6월 10일

배가 계속 커지니 이제 책 한 권 들고 다니는 것도 버거워 이북 리더기로만 책을 읽다가 오랜만에 종이책 구경을 하고 싶어 서점에 들렀다. 아기 낳을 준비를 하는 만큼 생애 처음 육아서적 코너에 갔다가 놀라운 걸 봐버렸다. 대부분의 육아서적에서 전제로 하는 양육자는 '엄마'뿐이고, '아빠'라는 단어는 찾아보기 어려웠다.

아. 아기는 엄마 혼자 만들고, 엄마 혼자 낳고, 엄마 혼자 키우는 거였구나.

#입술포진 #유전 #면역

2018년 6월 11일

크게 무리한 것도 없는데 입술에 좁쌀 같은 두드러기가 올라왔다. 느낌으로는 입술 헤르페스 같은데 두드러지게 보이는 물집은 아니라서 일단 약국에 갔다. 약사는 아무래도 임산부에겐 약 쓰기가 조심스럽다며 연고를 선뜻 내주지 않았다. 청결유지와 보습을 잘 해보고 그래도 낫지 않으면 병원에 가보란다. 면역력이 쉽게 떨어지는 임산부에게 입술포진이 종종 난다는데 걱정이네.

전일제로 실험하고 논문 쓰던 대학원생 시절엔 워낙 피곤한 일상이라 입술 헤르페스를 달고 살면서도 대수롭지 않았다. 연고를 잘 바르면서 어려운 시기를 견뎌내면 이후야 어떻든 한동안은 살만해지니까. 이제 임신을 하니 헤르페스 하나도 전혀 다른 문제로 다가온다. 임신으로 면역체계가 쉽게 망가져 헤르페스에 자주 걸리는데도 임산부라 약을 못 쓰는 것부터 임신 중 모체의 헤르페스가 아기에게 유전될 수 있고 아기의 면역에도 영향을 준다는 이야기[11]까지, 어느 하나 가벼운 게 없다.

ㄴ, (zizisky)

저도 입술 주위로 계속 올라와요. 거의 두 달마다 반복이네요. 깨끗하게 씻고 패치만 붙였어요. 정말 임신… 저보다 먼저 임신·출산·육아를 경험한 제 지인들은 아기가 배 안에 있을 때가 제일 좋을 때라고 하지만 공감 한 개도 안 되고요. ㅠㅠ 제발 건강하게 하루빨리 임신기를 끝내고 싶어요.

#서로를 미워할 수밖에 없는 시스템

2018년 6월 12일

우리나라는 없는 예산도 끌어다 쏟아부으면서 '가임기 여성'의 인구분포지도를 만들고 전시한다. 그만큼 '가임기 여성'의 출산에 집착한다. 나는 그 '가임기 여성'이 많은 직장에 다니고 있고, 사내를 걷다 보면 어렵지 않게 임산부들을 볼 수 있다. 그런데도 회사 시스템이 어쩜 이럴 수 있나 싶다.

회사에 일이 많은 시기라 요즘 사무실엔 늦은 밤이나 주말까지 사람들로 가득하다. 근로기준법 제74조에 따르면 임산부의 시간외근로는 금지이기 때문에 임산부는 정시퇴근을 보장받지만 동료들에게 미움받는 거까지는 보호받지 못한다. 여기에 휴직 후 내 업무를 이어받는 걸 누가 달가워할까. 일의 총량은 그대로인데 일하는 사람만 줄어들 때 사람들은 그 원인을 체제가 아니라 공백을 만든 사람에게서 찾는다. 그리고 미워한다. 문제의 원인과 해결 방법 모두 체제에 있는데 말이다. 육아휴직자의 대체인력을 채용하지 않는 상황에서 출산 이후 내 공백을 메울 대체근무자를 스스로 찾기도 쉽지 않은 일이다.

여기저기서 출산휴가 언제 시작할 거냐는 질문을 받는다. 몸이 약해 일찍부터 쉬고 싶은 마음이 굴뚝같지만 그것도 내 맘대로 정하기가 어렵다. 언제 개시하건 내게 할당된 시간은 출산휴가 90일, 육아휴직 1년으로 총 1년 3개월이다. 일찍 휴직하면 복직도 빠르고, 늦게 휴직하면 복직도 느리다. 어찌 되었든 정해진 기간만큼만 쉴 수 있지만 내 맘대로 개시하기 어려운 건, 일하던 사람이 사라지면 회사 동료들이 당장 힘들어지기 때문이다.

출산휴가는 출산예정일 전 최대 44일을 이용할 수 있다. 출산 후 45일을 보장하기 위해서다. 법정 기간 내에서 출산휴가를 일찍 개시하고 싶다고 에둘러 말했다가 출산이 한 달 반이나 남았는데 벌써 휴가를 쓰냐며 한 소리를 들었다. 상사는 "어떤 직원은 야근까지 하고 집에 돌아가는 길에 애 낳았어" 하며 자랑스럽게 이야기하더라.

우리 회사는 출산휴가와 육아휴직을 보장한다. 우리 부서에서 육아휴직을 했던 선배들은 모두 안정적으로 복직

했고, 내가 아는 바로는 복직 이후 불이익도 없다. 유자녀 여성 직원이 많고 회사는 대내외적으로 이 사실을 큰 자랑거리로 삼는다. 그러나 우리 회사는 육아휴직 대체인력을 고용하지 않고, 대체근무자는 휴직자 스스로 알아봐야 하며, 출산휴가를 보장하더라도 출산이 목전에 있어야만 출산휴가를 개시하도록 눈치를 준다. 이런 걸 빛 좋은 개살구라고 할까.

회사는 정말 딱 법만 지킨다. 그럴 때 이 시스템은 구성원이 서로를 미워하고 서로의 노동력을 갉아먹으며 유지된다.

#자궁 원인대 통증 #아기는 건강해요
2018년 6월 14일

자궁을 고정하는 인대인 자궁 원인대의 통증이 심각한 수준이다. 침대에 눕는 것조차 너무 힘들고 누워서 조금 움직이기라도 하면 양쪽 엉덩이가 몹시 아파서 절로 으악 소리가 나온다. 남편의 도움 없이는 옆으로 돌아눕지도, 일어나지도 못한다. 스트레칭이나 요가를 한다고 풀리는 거 같지도 않다.

병원에서 초음파 검사를 하기 위해 침대에 누웠다 일어

날 때도 원인대 통증에 소리를 지르다 결국 남편이 나를 통째로 들어서 일으켜줬다. 담당의는 너무 아파하는 나를 안쓰러워하지만 달리 방법은 없단다. 양수 좋고, 태반 좋고, 경부 길이(자궁경부의 길이가 3센티미터 이하로 짧아지면 절박조산의 위험이 있다) 좋고, 아기는 주수에 맞게 아주 잘 크고 있단다. 나는 내가 아파서 이 상태가 괜찮은 건지 덜 아픈 방법은 없는지 문의하는데 담당의는 "아기는 건강해요"라고만 한다.

사람들은 아프면 병원에 가라고 한다. 일반 내외과로 가면 임산부는 산과 전문의가 살펴야 한다며 잘 봐주지 않는다. 참고 참다가 산과 정기검진 때 두통이나 근육통, 복통, 입술포진 등을 문의하면 담당의는 정 견디다 안 되겠으면 타이레놀을 먹고 그저 잘 쉬라는 안내만 한다. 배 속 아기가 괜찮은 이상, 산모가 아픈 건 산과에서도 잘 모른단다. 아기는 늘 잘 크고 있다는데 나는 늘 별수 없이 아프네.

ㄴ, 당신의 D

아기가 잘 크는 게 엄마의 몸엔 무리가 될 수밖에 없죠. ㅠㅠ 저는 초기부터 환도통증으로 고생했는데 한 일주일은 거동을 아예 못 해서 화장실도 남편에게 업혀 다녔던 기억이 있네요. 모두가 겪는 어려움이 아니다보니 주변에 말해도 잘 모르고 병원에서도 그냥 누워 쉬라고만 하더라고요. 답답하죠. ㅠㅠ

#밑 빠짐 #자궁탈출증후군
2018년 6월 15일

오늘은 종일 엉거주춤 걸었다. 질과 항문을 자궁 속 돌덩어리가 묵직하게 누르는 거 같아 불편한데 그런다고 생식기를 부여잡고 걸을 수도 없는 노릇이다. 출산 경험이 있는 동료 직원에게 증세를 이야기하니 그게 바로 '밑 빠짐' 증상이란다. 출산 후 심해지는 경우도 있고, 월경 중일 때도 종종 나타난다고.

얼마 전 출산 시 정말 밑이 빠진(자궁탈출증후군 혹은 자궁하수. 자궁이 본래 있어야 할 위치에서 탈출하는 증상으로 임신과 노화가 주원인이라고 한다)[12] 그러니까 아기와 함께 자궁이 같이 배출된 이야기를 들은 적이 있어 공포가 몰려왔다. 15주 이후부턴 질을 만지면 부어 있는 듯했는데, 그게 자궁이 밑으로 내려와 그랬나 보네. 자궁이 만져지는 건 아직도 생경한, 기분 나쁜 경험이다.

퇴근길 버스가 과속방지턱을 덜컹덜컹 넘을 때마다 자궁이 질로 빠져나올 것 같다. 나는 지금 편안히 넓은 의자에 앉아 가지만, 아무도 양보해주지 않는 대중교통에서 고생하며 귀가할 다른 임산부들을 생각하니 속이 쓰리다.

26주차

#엉덩이 통증 #무지함

2018년 6월 17일

엉덩이가 너무 아파서 남편을 붙잡고 절뚝거리며 걷는다. 최근에 출산했거나 나와 비슷한 시기에 임신한 지인들도 엉덩이 아픈 고통을 모르는 경우가 많던데 매번 느끼지만 임신과 출산의 경험은 정말 다양한 거 같다.

놀라웠던 건 이거다. 배 속에서 아기가 자라면서 내 몸이 어떻게 변하는지 왜 엉덩이가 아픈지 설명하면 그런 일을 겪지 않았더라도 여성들은 대부분 공감하고 어디가 어떻게 아플지 어렴풋하게나마 이해하는데 주변 남성들은 하나같이 내게 운동이나 스트레칭을 하라고 조언했다. 인대가 늘어났을 때 운동하지 않는 건 상식이면서 임신한 여성에게는 꼭 운동을 하라고 잔소리를 하더라. 축구하다가 발목을 다쳤는데 아프다고 가만히 있지만 말고 나가서 음식물 쓰레기도 버리고 탕비실에 가서 커피도 타오면서 움직여야 빨리 낫는 거란 훈수를 듣는다면 기분이 어떨까.

내 엉덩이는 근육이 뭉친 게 아니라 인대가 늘어난 개념이라고 찬찬히 설명을 해도 남성들은 들으려고도 안 한다. 겉으로 보기엔 내 배가 작아 보이겠지만, 지금 35센티미터 길이인 아기가 이 배 안에 있으려면 배 속 공간을 얼마나 차지해야 할지 생각해보라고 성을 내야만 그제야 그들에게서 "아, 그렇구나" 하는 소리를 들을 수 있다.

환도가 서는(증상유발 골반이완증. 임신 중 골반, 치골, 허리, 엉덩이 등에 통증이 있을 때 임산부들은 "환도 선다"라고 표현한다) 엉덩이 통증으로 고생했던 출산 경험자의 조언으로 스포츠테이프를 구매해 블로그를 보면서 엉덩이에 테이핑을 했다. 부디 오늘 밤은 자다가 배가 뭉쳤을 때 오른쪽, 왼쪽 번갈아 누워가며 잘 수 있었으면 좋겠다. 그간 움직이면 엉덩이가 아파 배가 뭉쳐도 별수 없었거든.

#출산해야 나아요 #임신하면 다 아파

2018년 6월 19일

내 엉덩이 통증엔 마사지도, 스포츠테이핑 요법도, 스트레칭도, 요가도 도움이 안 됐다. 여기저기 물어도 보고 인터넷에 검색도 해보았지만, 한결같은 대답이다.

"출산해야 나아요."

출산 후에도 몇 개월씩 호전이 없어 아파하는 사람들도 많다는데 이게 이렇게 별수 없는 일인가.

업무 중 배 뭉침이 잦아져 병원에 갔다. 이전 정기검진 때 병원에서 몇 가지 사항을 일러주면서 여기에 해당하면 낮이든 밤이든 즉각 내원하라고 안내했기 때문이다. 치골통 때문에 앉거나 서 있는 건 물론, 한 걸음 한 걸음 걷는 것도 고역이라 유아차라도 타고 싶은 심정인데 수시로 배까지 단단하게 조여오니 가만히 있는 것도 너무 괴로웠다.

어렵게 병가를 쓰고 병원에 갔지만 하필 내 담당의가 휴진이라 다른 의사에게 진료를 받게 됐다. 내 사정을 잘 알지 못하는 그는 내 통증을 듣고는 이렇게 말했다.

"임신하면 다 아파요. 그때마다 병가 쓰고 병원 오면 임산부들 다 병가 쓰죠. 그럼 일은 누가 해요."

그는 정말 우리 회사의 업무 정상화가 걱정됐을까? 임

움직여야
빨리 낫지
운동이나
스트레칭을 해야지

임신하면
다 아파요
병원
그때마다
병원 오면
일은 누가 해요

임산부라
침을 깊게
놓을 수는 없어요
한의원

신으로 몸이 불편한 나보다, 알지도 못하는 남의 회사가 먼저였을까? 혹시 우리 회사의 숨은 이사였던 걸까? 나는 내 자궁이 정말 계속 수축하는지, 이 수축이 위험한 수준인지 궁금했고, 지긋지긋한 치골통이 조금이라도 완화되길 바랐을 뿐이다.

나는 기본적으로 의료서비스 제공자를 신뢰한다. 설령 의료서비스 이용자는 그렇게 느끼지 못한다 할지라도 의료인은 최선을 다해 의료지식과 기술을 제공하고 있는 거라 믿으며 병원에 간다. 그러나 아무리 생각해도 이번에 겪은 일은 이상하다.

임신하면 원래 다 아픈데 왜 왔냐는 이야기를 의료인에게서 들었다. 업무에 지장이 생길 정도로 아파서 병원에 간 건데 그 당연한 걸 가지고 뭐 대단하게 병원까지 왔냐는 이야기를, 내가, 의료인에게서 들었네.

그는 자궁수축 정도도 경부 길이도 확인하지 않았다. 나보다 치골통이 더 심한 임부도 많다는 이야기, 임신하면 다 아프다는 이야기, 본인이 해줄 수 있는 건 아무것도 없다는 이야기 등을 3분간 했을 뿐이다. 사실 이게 맞는 말일 수도 있다. 그렇다면 산과 전체에 대한 실망을 감출 방법이 없네.

속상하다. 원래 임신하면 다 아픈 거고 산과에선 해줄

게 없단 이야기를 의료인에게 직접 들어서일까. 이 무력감을 이길 힘이 지금 내겐 없다. 정말 나는 아기 공장으로만 작동하는 걸까. 아기가 커갈수록 그 공장은 망가지고 가치가 없어지는데 아무도 공장을 되살릴 생각은 안 한다. 공장은 그냥 공장이니까.

ㄴ, 혜림

저는 스포츠테이핑으로 임신기를 보냈어요. 임신·출산만이 문제가 아니고 수유하고 육아하는 과정에서 아이가 무거워지고 자세가 틀어져요. 아기가 좀 크면 자기 몸을 미사일처럼 쏘아 양육자의 가슴, 어깨, 무릎 등으로 돌격하기 때문에 갈비뼈가 부러진 엄마, 손목이 부러진 엄마, 무릎 십자인대 파열로 수술한 엄마 등등이 주변에 있습니다…

#비출산 조장 #임신 괴담

2018년 6월 21일

아내가 임신을 원하지 않아 오랜 기간 자녀 없이 지내는 남자 동료와 말다툼을 했다. 그에게 임신과 출산이 여성의 몸을 얼마나 망가뜨리는지, 출산 과정에서 여성의 선택이란 게 얼마나 제한적인지, 사회가 강요하는 모성애가 여성을 얼마나 억압하는지 등등을 성토하니 그는 내게 왜 안 좋은 이야기만 하냐며 오히려 화를 냈다.

그렇게 부정적인 말로 비출산을 조장할 거면 차라리 아무 말도 하지 말란다. 아무리 설득해도 아내의 비출산 의지가 계속 견고해지는 건 주변에서 임신과 출산에 관한 괴담만 말하기 때문이란다. 다 나 같은 사람 탓이란다. 여성들이 몸소 살아낸 경험을 '괴담'으로만 치부하는 것에도 화가 났지만 아내의 주체적 판단과 결정을 무시하는 태도엔 정말 분노가 치솟아서 그를 한바탕 꾸짖었다. 그러다 갑자기 배가 뭉쳐 배를 붙잡고 "아이고 배야" 하면서 갑자기 웃음이 나와버렸는데 내가 내야 하는 화를 다 못 낸 거 같아 아쉬웠다. 임산부는 이렇게 제대로 분노할 수도 없다.

임신 이후 고통스러워하는 나를 수개월째 매일 보면서도 아내에게 임신을 요구하는 사람에겐 그 어떤 말을 한다 해도 소용없겠구나 싶었다. 임신과 출산에 관한 실제적이고 세세한 이야기가 얼마나 부족한지 나마저도 속아서 한 임신이라고 부들부들 떨 때가 얼마나 많은데!

그렇다고 임신에 대한 내 결정을 후회하는 건 아니지만 임신·출산에 관한 정보가 제한적인 건 부정할 수 없는 사실이다. 나는 비출산을 조장하는 게 아니라, 더 많은 여성이 현실을 알고 수많은 정보를 바탕으로 제 인생을 결정할 수 있기를 바랄 뿐이다. 여성의 몸은 여성의 것이고 여성의 삶은 여성이 살아내는 거니까.

27주차

#꼬리뼈 통증 #미끄러짐

2018년 6월 23일

화장실에 들어가려다 미끄러운 바닥에 발을 잘못 디뎠다. 한쪽 발이 쭉 미끄러졌는데 평소 같았으면 금세 날렵하게 바로 섰을 걸, 무게중심이 이동하면서 다른 다리의 무릎이 구부러졌고 그대로 바닥에 엉덩이를 쿵 찧었다. 순식간에 일어난 일이기도 하지만 내 무거운 몸이 이 일련의 진행과정을 조금도 주체하지 못했다. 가만히 있어도 엉덩이가 아픈데 이제 꼬리뼈까지 욱신거린다.

화장실 바닥이 미끄러운 게 어제오늘 일은 아니지만 이렇게 미끄러져 넘어진 건 처음이다. 다년간의 장시간 대중교통 이용으로 휘청거림 속에서도 무게중심 잡기의 고수가 된 내가 이렇게 속절없이 미끄러지다니. 내 맘 같지 않은 몸뚱이가 야속해서 속상하고, 꼬리뼈가 아파서 괴롭다. 병원을 가봐야겠는데 또 병원에서 임산부에겐 해줄 게 없다고 하면 눈물이 날 것 같다.

#오직 타이레놀 #병명코드 없음 #진단서 없음
2018년 6월 26일

화장실에서 미끄러져 엉덩방아를 찧은 후 꼬리뼈 통증 때문에 타이레놀을 달고 지낸다. 혹시나 했지만 역시나 병원에서는 임산부에겐 해줄 수 있는 치료가 없다며 타이레놀 복용만을 권유했기 때문이다. 임신했더라도 하루 최대 여섯 개까지는 괜찮다며. 최첨단이라는 현대의학도 임산부는 열외로 치는구나.

일반적인 한의원에서도 임산부에겐 해줄 수 있는 게 없다기에 임산부 진료에 특화되어 있다는 여성전문 한의원을 찾았다. 타이틀이 임산부 전문이라 그런지 나를 내쫓지는 않았지만 임산부에게는 침을 깊게 놓을 수 없다며 느껴지지도 않게 침 서너 개 놓고는 임산부가 환부에 효과를 보려면 보통 사람보다 서너 배의 시간이 더 걸린다고만 했다. 그 말 외엔 상담 같은 것도 없었다. 임신한 환자라는 존재를 귀찮아하는 느낌이었다. 임산부를 대상으로 진료한다는 건 임신 혹은 임신의 지속을 돕거나 임신 소양증 같은 임신 관련 질환을 살핀다는 의미였다.

양방에서나 한방에서나 의료인들은 나를 보면 그 몸으로 어떻게 회사를 다니느냐 물었고 어떤 분은 나무라기까지 했다. 그래서 사나흘이라도 치료받으면서 잘 쉬면 살만해지지 않을까 싶어 내 상태에 대한 진단서를 발급해줄 수 있냐 물으면 해당되는 병명코드가 없고, 임신하면 원래 다 아픈 거라서 진단서는 발급해줄 수 없다고 했다. 그럴 거면 그 몸으로 어떻게 회사를 다니느냐고 혼은 왜 내는지. 알면 알수록 신기하고 서러운 임산부의 세계다.

ㄴ, 내가 제일 행복한 고양이

저도 임신했을 때 손목이 하도 아파서 정형외과에 갔더니, 임산부라 엑스레이를 찍을 수가 없어서 해줄 게 없다는 말을 듣고 굉장히 허망하게 나왔던 기억이 나요…

ㄴ, 희나

나 이거 너무 화난다. 임산부가 되면 물리치료도 되게 약하게 받고, 침도 안 놔준다. 정말 아무것도 할 수 있는 게 없다. 최우선은 누구인가… 배 속에 있는 아기도 중요하지만, 충격이 될 수 있는 모든 걸 배제하느라 산모의 몸은 만신창이가 된다. ㅠㅠ

#태아딸꾹질 #결박된 생각
2018년 6월 28일

'태아딸꾹질'이란 게 있다. 태동의 일종인데 태동보다 규칙적으로 나타난다. 딸꾹질이라 불리긴 하지만 정말 딸꾹질인지는 모를 일이고 어쨌든 이때 산모는 딸꾹질의 감각으로 느낀다. 모든 산모가 겪는 일은 아니고, 원인 역시 정확히 밝혀지지 않았다. 몇몇 연구는 태아의 폐 발달과 관련이 있다고 주장하지만 증명된 바 없으며, 아기의 횡격막 운동에 의해 나타나거나 그냥 일상적 태동의 일환일 수도 있단다.[13]

요 며칠 태아딸꾹질 때문에 잠들기가 힘들었다. 편한 자세로 누워 있을 때면 아기의 작은 움직임도 잘 느껴지는데, 이때 아기가 딸꾹질을 하기 시작하면 괴롭다는 말밖에는 안 나온다. 누워서 속절없이 이 감각에만 갇히는 기분이다. 태아딸꾹질은 누가 내 속에서 단전 주위를 톡톡 1초 간격으로 자극하는 느낌이다. '톡톡'이라고 말하면 귀여운 느낌을 주지만 사실은 아픈 감각이다. 단전에서 강하게 심장 뛰는 느낌 같아 징그럽기도 하고.

오늘도 도무지 잠들 수가 없었다. 남편이 태아딸꾹질을 느껴보겠다며 내 배에 손을 댔다가 나를 측은해했다. 아기는 한 시간 넘게 매초마다 딸꾹거렸고, 중간중간 강한 움직임도 잊지 않았다. 그럴 때면 손을 대고 있던 남편은 놀라서, 나는 아파서 동시에 소리를 질렀다.

배 속 아기의 딸꾹질에는 괴롭다는 말밖에 안 나오지만 늘 그랬듯 아기의 자연스런 성장과 움직임에 괴로워하는 내 마음을 아기가 느낄까 봐 내 생각을 결박하게 된다. 살면서 이런 적이 없어 설명하기도 어렵네. 타인에 의한 자발적 자기통제라. 이런 말이 성립은 하는 걸까. 내 배 속에 있는 아기를 타인이라 명하는 것도 시원한 설명은 아니다.

아기의 태동을 귀엽고 사랑스럽게만 그린 미디어 제작자들 다 만나보고 싶네. 남자면 가만 안 둬.

#막달까지 출근 #아니면 퇴사 #임산부 과로

2018년 6월 29일

임신·출산 커뮤니티를 보면 출산 직전까지 일을 한다는 임부들이 자주 보인다. 임신 초기 지독한 입덧으로 괴로움에 신음할 때는 도대체 막달까지 회사를 어떻게 다니느냐며 성을 냈지만, 특별한 경우가 아니고서야 일하는 임부에겐 '퇴사'와 '막달까지 출근'이라는 선택지밖에 없는 게 현실이다.

출산하는 여성을 위한 제도는 있지만 개별 상황에 맞게 현실적으로 적용하기는 어렵다. 출산휴가는 출산예정일의 최대 44일 이전부터만 쓸 수 있고, 임신은 질병이 아니라서 특별한 상황이 아니고서는 질병휴직을 사용할 수도 없다.

퇴사는 또 어떤가. 퇴사를 선택할 때는 그 이유야 다양하겠지만 회사에서 퇴사를 종용하는 경우도 많은 것 같다. '네게 출산휴가와 육아휴직을 보장할 수는 없다. 그러니 몸도 힘들 텐데 알아서 일찌감치 퇴사하라'는 압박을 은근히 혹은 대놓고들 한다고.

배가 남산만큼 부르는 때가 오면 거동이 힘들 뿐 아니라 다리엔 부종이 오고 골반 인대는 늘어나고 척추는 계속 뒤로 눕는다. 그런데도 서서 일해야 하는 서비스직 임산부들의 고통스런 이야기가 자주 들려온다. 하지만 퇴사는 말만 쉽다. 그 이후의 내 삶을 전혀 보장해줄 수 없다.

처음엔 만삭의 임산부를 서서 일하게 하는 관리자들의 도덕적 감각에 분노했지만 생각을 거듭할수록 여성의 현실과 권리에 대한 논의가 이렇게 단순해서는 안 된다는 결론에 다다랐다. 관리자의 부덕함을 탓하는 것은 쉽지만 실제로 책임을 물어야 하는 대상은 공공지원이 없는 사회다. 임신·출산을 한 여성과 그 아기를 부양해줄 인력, 또는 일하지 않고도 일상생활을 유지할 수 있도록 보장해주지 않는 사회에서 여성의 퇴직과 휴직만을 이야기하는 건 무책임한 일이다.

임신이 내 일이 될 거라고 생각해본 적이 없을 땐 배가 불러서도 출근하는 여성들을 이해하지 못했다. 힘들어 보이는데 좀 쉬었으면 했다. 임신 초기에는 만삭까지 출근하는 다른 여성들을 보며 대단하다고 생각했다. 내가 그 상황이 되어서야 알았다. 그렇게까지 출근하는 건 악착같아서도 대단해서도 아니었다. 생존해야 하니까 버티는 거였다.

임신한 여성도 일상의 삶을 살아내야 한다. 임신을 했대도 밥 먹고 옷 입고 공과금을 내야 하는 건 그 이전과 동일하다. 그래서 출산 직전까지 노동하기를 택할 수밖에 없는 임산부들이 많다. 이건 체력이 좋아서도, 욕심이 많아서도 아니다. 살기 위해서다.

회사는 익숙한 사람의 익숙한 노동으로 익숙하게 이윤을 발생시키길 원한다. 퇴직이나 휴직으로 그 공백이 발생하는 걸 회사의 손해로만 본다. 임산부의 노동이 임산부의 몸이나 태아에 크게 영향을 줄 수 있음을 인지하는 사람들은 회사나 조직의 구조 문제를 지적하겠지만, 현실적으로 업무 공백에 대한 화살은 대부분 임산부가 받는다.

회사에 일이 많아 직원 모두가 힘든 날들을 보내고 있다. 모두가 바쁘고, 건강한 사람도 지치는 시기다. 그러다

문득 처음으로 배 속의 아기가 걱정됐다. 지금까지는 내 몸이 아프고 힘들어 괴로웠다면 업무가 과도해진 후로는 정말 아기가 죽을 수도 있겠단 생각이 들어 심장이 덜컥 내려앉았다.

이제는 주변 사람들이 왜 휴직하지 않냐, 왜 퇴직하지 않느냐고 너무 쉽게 묻는 게 화가 난다. 그들은, 이렇게 과로하다가는 유산하겠다고 생각하면서도 회사를 다닐 수밖에 없는 임산부의 처지를 고려하지는 않는다. 임산부 과로에 대한 사회적 책임은 묻지 않으면서, '아기를 위해 담대히' 일을 그만두겠다고 상사에게 말하지 않는 나를 지적한다. 그들은 단순히 생각하고 말하는 거지만, 실은 참 괴상하고 모순된 말이다.

임신 이후 회사에서 겪는 어려움이 너무 많다. 임신했다는 이유만으로 회사에서 눈치를 봐야 하는 것도, 어떻게든 휴직시기를 언급할 기회를 노리다가 말해야 하는 것도, 휴직 이후 내 대체근무자를 신규채용 없이 스스로 찾아야 하는 것도, 몸이 아플 때마다 눈치 보며 조퇴나 휴가를 써야 하는 것도 너무너무 어렵다. 모두 다 나 혼자서 하는 씨름이다. 시스템이란 게 없다.

이렇게 일하다가는 아기와 나 모두 죽을지도 모르겠다. 회사 사람들은 이렇게 일이 많을 땐 임산부도 초과근무와

주말근무를 해야 한다며 뼈 있는 농담을 나누는데 나는 그저 "허허" 하고 멋쩍은 웃음을 지을 뿐이다. 임신한 사람의 휴식권이 위태로운 건 임신이 여성에게만 일어나기 때문은 아닐까.

ㄴ sun_yaa

저는 출산휴가는 줄지 말지 모르겠고 육아휴직은 안 줄 거지만 퇴사도 못 하게 해서 가장 힘들다는 임신 극초기를 회사 다니며 버티고 그만뒀네요. 가장 바쁠 때 임신하면 어쩌냐, 사람 뽑고 그만둬야지, 인수인계해라, 임신 20주까지 달달 볶이다가 겨우 그만둘 수 있었어요.

ㄴ Nariel1

35주차 5일에 첫째 아이를 낳고 인수인계도 제대로 못 한 죄로 삼칠일이 지나 인수인계를 하러 아기를 도우미님께 떼어놓고 간 기억이 납니다. 거기서 육아휴직 얘기를 했는데 웃기지 말라는 소리만 들었네요. 욕 안 먹은 게 다행이라고 생각했는데 지금 생각하니 화가 나요. 세상은 아직도 똑같아요.

8개월
아기 낳기 무섭다

28주차

#내 장기들 #다들 괜찮니

2018년 6월 30일

임신 8개월에 접어들었다. 날이 갈수록 아기가 배 속에서 더 거세게 움직이는데 내 장기들 정말 괜찮은 건지 모르겠다. 요즘 바라는 건 아기와 나 모두 건강히 남은 3개월을 보내는 것뿐이다. 다들 "태아, 태아" 할 뿐, 임신한 몸이 이렇게 힘든지는 관심도 없겠지.

#임산부 혜택 #진짜로 혜택?

2018년 7월 2일

임신을 하게 되면 몇 가지 '임산부 혜택'이란 걸 이용할 수 있다. 보건복지부는 임산부가 건강보험이 적용되는 외래진료를 받는 경우 본인부담금 중 20퍼센트의 감면 혜택을 제공한다. 코레일은 KTX 탑승 시 일반실 운임으로 특실을 제공하고, 공항에서는 출국 시 '패스트 트랙'을 제공하여 입국 심사장까지 빠르게 입장할 수 있도록 도와준다.

몸 이곳저곳이 아파 병원에 가도 "아기는 건강하다"는 이야기만 들을 뿐 나를 위한 치료는 영 받을 수 없었다며 지인에게 하소연을 하다가 그와 임산부 혜택에 관해 이야기를 나눴다. 그는 임신 중 허리를 다쳐 병원에 갔지만 출산 후 오라는 소리만 듣고 진료비 천 원을 지불한 후 발길을 돌렸다고 했다. 임산부가 받을 수 있는 치료를 찾아도 대부분 비급여 항목이라 '임산부 혜택'이란 것이 적용되지 않았단다. 임신·출산 커뮤니티에 가면 '임산부 혜택'으로 진료비는 저렴할지 모르나 정작 임산부가 받을 수 있는 치료는 없다는 이야기가 넘쳐난다. 의학에선 임신한 여성보다 그 배 속의 태아가 먼저이기 때문이다.

'맘편한 KTX'라는 임산부 혜택을 알고 나서는 남편과 KTX를 이용한 부산 여행을 생각했다가 금세 마음을 접었다. 일반실 운임으로 특실 이용이 가능하단 건 혜택일 수 있지만 사실 대중교통으로 먼 곳까지 갈 수 있는 임산부는 그렇게 많지 않다. KTX가 시간과 비용 모두 경제적일지라도 임산부에겐 무리다.

인천공항공사에서 교통약자 배려 차원으로 '패스트 트랙'을 발부해주며 '임산부 혜택'이라고 명한 것엔 어쩐지 속이 상했다. 시민의식으로 보완되지 않는 임산부에 대한 배려를 제도화한 것이겠지만 이건 너무 생색내기다. 임산부의 몸으로 오랜 시간 줄 서는 게 매우 힘든 일이라는 상식이 없는 사회에선 이런 것마저 특별한 혜택이 된다.

ㄴ, 아유

저는 경기 북부 지역에 사는데 가까운 기차역까지 56분 걸립니다. '맘편한 KTX'를 이용하려 했더니 가까운 기차역에서 제가 임산부임을 증명해야 한다고 하더군요. 가까운 전철역에서는 안 되냐고 문의했는데 안 된다고 합니다. 임산부임을 증명하러 50분 이상을 간다는 것도 무리고요. 임신임을 증명하기 위해 '산모수첩'을 보여주거나 또는 부른 배를 직접 '보여줘야' 하는 방법도 너무 올드하다고 생각했어요…

ㄴ, 익명

'맘편한 KTX'는 어플(코레일톡)로도 이용 가능합니다. 대신 역사에서는 예매가 안 되고, 사전에 역에서 임산부 등록을 해야 이용할 수 있습니다. 열차 이용승객이 많은 시간대, 정차역이 적어 빠른 시간에 오갈 수 있는 열차들은 '맘편한 KTX'로 예매하기 어려워요. 일반 예약과 '맘편한 KTX' 예약 시간표를 검색하면 쉽게 확인 가능합니다만, 여러모로 선심성 정책이라는 생각이 듭니다.

#출산공포 #모성사망 #모성혐오

2018년 7월 3일

출산예정일이 다가올수록 아기 낳는 것에 대한 공포가 몰려온다. 아기 낳는 이야기만 들어도 무서워서 눈물이 난다. 이런 공포를 주변에 이야기하면 대수롭지 않다는 듯 "순간이야" "그래도 다 낳아" 하는데 군대 간다는 동생과는 눈물로 작별하면서 출산은 뭐가 그렇게 쉽다는 건지 모르겠다.

고위험 산모에 대한 지원으로 최근 몇 년간 모성사망비(신생아 10만 명당 사망한 산모 수)가 줄고 있다고는 하지만 여전히 한국의 모성사망비는 OECD국가의 평균을 웃돌고 있다(2000년부터 2015년까지 OECD국가의 평균 모성사망비는 37퍼센트 감소했으며, 한국은 46퍼센트 감소했다. 2015년 한국의 모성사망비는 출생아 10만 명당 9명이고, 이때 OECD국가의 평균 수치는 8명이다).[14] 그렇지만 꼭 애 낳다 죽는 산모 이야기를 해야만 출산의 공포를 이야기할 수 있느냔 말이다. 나는 아기 낳는 모든 과정이 무섭다.

좀 수월하게 걸을 수 있을까 싶어 등록한 임산부 요가 수업에서는 기대와는 다르게 아기를 낳을 때 필요한 순산 보조동작만 가르쳐준다. 요가 선생님이 아기 낳는 과정과 때마다 필요한 호흡, 운동법, 힘주는 법 등을 알려주는데 듣는 것만으로도 진이 빠지고 인간성이 조각나는 거 같았다.

자궁 문이 얼마나 열려야 하는지, 무통주사는 언제쯤에야 맞을 수 있는지, 회음부 절개는 언제, 왜 해야 하는지, 산전 관장 이후엔 어떤 일이 벌어지는지, 분만과정을 배우지 않은 초산인 산모들이 실제로 얼마나 어려움을 겪는지 등의 이야기를 듣는데 무서워 눈물을 뚝뚝 흘렸고 출산을 두려워하는 내 모습에 부끄러운 느낌마저 들어버렸다.

아기를 계획하기 전에 이 모든 걸 태연히 감수하겠노라 서약이라도 해야 했던 걸까. 그렇지 않더라도 아기 낳는 공포는 자연스러운 거고, 누구에게 털어놨대도 존중받아야 한다. 내 자궁 입구가 10센티미터만큼 열리고, 회음부를 절개하고, 죽을 듯한 진통이 24시간 지속될지도 모른다. 이건 망상도 아니고 곧 닥쳐올 현실이다.

사회에서는 출산을 두려워하면 그 모성을 가볍고 하찮은 것으로 폄하하고, 두려움을 극복하고 고통을 견디며 출산을 해내면 모성의 힘이라며 찬사를 보낸다. 이 두 가지 모두 모성혐오라 생각한다. 모성이란 이런 것들로 타인이 평가할 수 있는 게 아니다. 모든 출산은 개별적이고, 저마다의 모성서사가 있다.

지금 상황으로는 무슨 말을 늘어놓는대도 이 말만큼 내

말인 말은 없다.

"아기 낳기 무섭다."

ㄴ, 얼리베드

사람이 겪는 고통 중에 최상급에 해당하는 것이 출산 아닐까… 그러나 출산한 사람들조차 '순간이야' 혹은 '아기를 보면 다 잊게 돼' 같은 고정적인 말들을 하는 걸 보면 사회가 산모들의 입을 막거나 이런 생각을 주입시켰던 거 아닐까? 물론 나도 경험자가 아니어서 추측할 뿐이지만. 내 친구도 아기를 둘 낳았는데 조리원에 있을 때마다 내가 찾아가면 눈이 약간 정상이 아니었고, 평소라면 말하지 않았을 온갖 생리적 현상에 대해서 줄줄 이야기하곤 했다. 나중에 이야기하기를 호르몬이 날뛰어서 주책맞아졌다고 했다. 그래서 출산을 한 사람들은 어떤 트라우마가 생기는 건 아닐까도 생각했다. 지금 생각해보면 출산을 경험한 그 과정을 '엄마가 되기 위해 거쳐야 하는 과정'으로 여기고 진짜 공포스러웠던 경험의 기억을 지우려 했던 과정이 오랫동안 이어진 것 아닐까 생각도 든다.

임신과 출산을 그저 '아름다운' 것으로만 보는 사회에서 임신기를 보내고 출산을 경험해야만 하는 이들의 기분은 어떨까? 내가 단지 살이 쪄서 몇 킬로그램 늘어나도 몸 움직이기가 버거운데, 임산부들은 20킬로그램씩 늘어난 무게를 감당하는 것부터 피할 수 없는 사람들의 시선과 관심이 주는 부담까지 감당해야 한다.

《이갈리아의 딸들》이 생각난다. 움의 출산이 위대한 과정이고, 전혀 감추는 것 없이 보여지는 세계. 맨움들은 조용히 육아를 위한 준비를 하고 조신하게 기다리고. 종족 번식이 그렇게 중대하다면 어째서 임신과 출산에 대해 그렇게 쉬쉬하고 출산의 주체인 여성은 감춰져야 할까.

#성토 #환멸 #내 삶이 정상이 아니다
2018년 7월 4일

지하철은 여전히 재미있는 공간이다. 배가 부를 대로 부른 나를 보고도 임산부배려석에 앉은 젊은 남성은 하던 게임을 계속 한다. 그 옆에 계시던 할머니가 안절부절못하더니 내게 자리를 비워주신다. 서로 앉으란 말을 주거니 받거니 하는데 남자는 그걸 지켜보다가 다시 게임을 한다. 대단하단 생각마저 들었다. 지하철은 타도 타도 재밌고 신기한 사람들로 넘쳐난다.

오늘도 과로로 쓰러질 거 같다는 생각이 들었다. 퇴근길, 상사를 마주쳐 인사를 하려는데 목소리가 잘 안 나오더라. 소진됐다.

임산부배려석 앞에서 한 손으로는 손잡이를 부여잡고 다른 한 손으론 어지러운 머리와 뭉친 배를 번갈아 만져가며 간신히 서 있는데 이 생활이 너무 지긋지긋하고 환멸이 났다.

어떤 사람들은 내가 너무 징징댄다 할 것이고, 어떤 사람들은 내 성토가 이제는 지겹다고 하겠지. 이 삶에 지겨움과 환멸을 가장 많이 느끼는 건 나다. 회사에서의 생활도, 오고 가며 만나는 낯선 사람들도, 이건 정상이 아니다.

아니, 내 삶이 정상이 아니다.

#임신 후기 #다리경련

2018년 7월 5일

다리경련의 강도가 점점 강해진다. 임신 중기부터 자주 자다가 쥐가 났기 때문에 다리 쥐 풀기 달인이 됐다고 생각했는데 임신 후기의 다리경련은 또 다르다. 너무 강력하다. 서서히 쥐가 나는 게 아니라 내가 손쓸 겨를도 없이 경련이 일어남과 동시에 다리가 터질 거 같다.

쥐가 났다 하면 나는 남편을 급하게 깨운다. 남편은 익숙한 듯 아주 능숙하게 쥐를 풀어주지만, 남편이 없는 지난밤에는 혼자 쥐를 못 풀어 엉엉 울고만 있었다. 배가 뭉치기라도 하면 움직일 수도 없어 다리를 만지지도, 일어나지도 못한다. 뭐 이렇게 맨날 힘드나.

29주차

#픽션 아니고 팩트

2018년 7월 10일

지하철을 그만 타야겠다. 사람이 너무 미워진다.

어제는 임산부배려석에 중년 남성이 앉아 있었다. 그 앞에 섰는데 빈 손잡이가 없어 손잡이 꼭대기를 잡으니 내 오른편에서 손잡이를 잡고 있던 남성이 내가 못 잡게 손잡이를 흔들었다. 내 왼편에 있던 사람은 내가 그 사이에 못 서 있게 가방으로 내 배를 밀쳤다. 임산부배려석에 앉은 남성을 계속 쳐다봤다. 그는 나와 여러 번 눈이 마주쳤지만 내 배를 훑고는 눈치를 본 뒤 다시 자기 하던 일을 했다. 그 옆에 앉아 있던 분이 민망해하며 나와 눈인사를 하고 자리를 양보해줬는데, 내 오른편에 서서 내가 손잡이를 못 잡게 흔들던 남성이 가방을 풀더니 그 자리에 앉았다. 자리를 양보한 남성과 내가 멋쩍게 웃자 그제야 상황을 파악했는지 다시 자리를 비켜줬다. 임산부배려석에 앉아 있던 남성이 하차하고 세 명째 그 자리에 사람이 앉았다. 모두 비임산부인데 배 나온 임산부가 그 옆에 앉아 있어도 이상한 걸 못 느끼나 싶다가도 이쯤 되면 내가 더 이상한 건가 싶은 생각이 든다.

오늘은 퇴근길에 동료를 만나 같이 지하철을 탔다. 동료는 내게 자리에 앉아야 한다며 임산부배려석 앞으로 급하게 나를 데려갔다.

"아무도 안 비켜줄걸요."

"에이, 배가 이렇게 나왔는데 안 비켜준다고요?"

임산부배려석에는 젊은 남성이 앉아 이어폰을 끼고 영상을 보고 있더라.

"봐요. 여기 앉은 사람은 앞에 누가 있는지 관심도 없어요."

남자는 자기 앞에서 두 여성이 소리 내어 "임산부배려석에 앉아 있는 사람은 원래 자리를 잘 안 비켜준다" "늘 그렇다" "어떻게 사람이 그러냐" "실제로 눈앞에 있는데도 그럴 줄은 몰랐다"는 이야기들을 나누는데 관심도 없다. 이어폰을 끼고 있어 안 들리겠지만 나 역시 기대하지 않는

할머니
앉아계세요
힘들텐데
여기 앉아요

다. 이런 현실을 몰랐던 비혼, 비임신 동료만 놀랐다.

가끔은 임산부배려석에 앉은 비임산부만 나쁜 사람인가 싶을 때도 있다. 오로지 그 사람만 배려 없음의 아이콘으로 비난받는 게 과연 온당한가 싶은 거다. 실은 배려 없는 건 모두가 마찬가지다. 다른 좌석에 앉아 있는 사람은 임산부배려석만 노려볼 뿐이다. 저만 아니면 괜찮은 걸까.

내 글들이 '픽션fiction'이라는 사람들이 있다. 이런 일은 임신·출산 커뮤니티에선 특별한 에피소드도 아니다. 당신들이 눈 감고 귀 막고 살았던 거 아닐까.

#응급실 #항생제 #속아서 한 임신

2018년 7월 13일

밤사이 명치부터 온 가슴이 너무 답답해 힘들었다. 아기가 자궁 언저리에서 배 위쪽으로 올라오니 명치가 눌릴 수 있단 이야기를 들어서 이것 또한 그저 자연스런 임신 증세일까 하면서 참아봤지만 팔도 저리고 뒷목이 여태껏 느껴본 적 없는 감각으로 심하게 아픈 건 이상했다. 무엇보다 가슴 통증이 너무 심해 도무지 잠을 잘 수가 없어 결국 새벽에 응급실에 다녀왔다.

임신 이후로 몸이 자주 안 좋아 지각이나 조퇴를 자주

했고, 결근 역시 잦았다. 이번에 또 쉬게 되면 인사평가에 영향을 줄지도 모른다는 생각에 새벽에 병원에서 조치를 취하고 오늘은 어떻게든 제시간에 출근해야겠다고 생각했다. 내 몸이 부서져도, 아기가 당장 나올 거 같아도, 출근부터 걱정해야 하는 게 참 속 쓰리지만 나는 진짜 삶이란 걸 살아야 하는 사람이니까.

나는 제시간에 출근해야 한단 생각에 사로잡혀 마음이 급한데 병원에선 내가 임산부라서 할 수 있는 검사나 치료가 딱히 없다고 했다. 응급실의 의료인들은 나를 "저기 임산부" 내지는 "아, 그 임산부 환자" 등, 내 이름이 아닌 '임산부'로 날 호명하고는 "아, 저기 임산부 좀 봐줘요" "아, 그 임산부 환자" "임산부라 약 안 돼요" "임산부라 그 검사 안 돼요"만 반복했다.

가슴 통증을 호소하며 누워 있는데 갑자기 열이 치솟아 의료인들이 열을 식혀야 한다며 몸 구석구석에 얼음주머니를 끼워놓았다. 해열제를 놓을 수 없으니 이렇게 열을 식혀야 한다고 했다.

별다른 약물 처치 없이 수액을 투여받고 덜덜 떨며 얼음찜질만 하고 있었는데 그래도 열이 안 떨어진다며 의료인이 달려왔다. 나를 설득하듯, 이제 항생제와 해열제를 투여할 건데 이 약물들이 산모에게 안전하다는 연구결과는 없지만 고열이 지속되는 게 아기에게 더 안 좋기 때문에 투여하는 거라고 했다.

내 가슴이 너무 아프고 몸이 저려서 병원에 왔는데 아기에게 안 좋을 수 있다고 약물 처치를 못 한다더니 이제는 열 오르는 게 아기에게 더 안 좋은 거라며 내게 약을 투여한다고? 현대의학에게 버림 받은 경험은 임신기 내내 있었지만, 오늘은 최고조로 내가 '나'로 존중받지 못한다는 느낌이었다.

내가 도대체 왜 아픈 건지, 어디에 이상이 있는 건지 알려달라고 해도 할 수 있는 검사가 피 검사뿐이라 그저 기다려야 한다는 답변만 받았다. 그렇게 계속 통증을 호소하며 괴로워하다가 항생제를 투여하자 곧바로 몸이 좋아졌다. 여태 아팠던 게 꿈이었던 것처럼 빠르게 회복됐다. 이렇게 좋은 약을 왜 이제야 줬나 하는 생각에 세상이 다 원망스러웠다.

그렇게 열이 내리고 가슴 통증이 어느 정도 사라지니 병원에선 더 해줄 게 없다며 산과를 가라고 했다. 덧붙여 의료인은 내게 염증에 대한 약은 일단 주겠지만 임산부라 약 복용을 강요할 수는 없고 약 복용에 대한 선택은 내 몫이라고 했다.

결국 출근을 포기하고 다니던 산부인과로 바로 갔다. 산과라면 내 증세에 대해 설명해줄까 하는 기대감이 있었고 산과 담당의의 확인으로 재발의 두려움에서 벗어나고 싶었다. 산과에선 내 이야기를 듣더니 초음파 진료를 했고 언제나처럼 아기의 눈, 코, 입이 귀엽고 건강하다고 했다.

"아니, 선생님. 제가 아파서 왔는데요…."

담당의는 "엄마가 아파서 걱정"이라며 "아이고, 어떡하냐"라고만 했다.

나는 아직도 아프지만 제대로 된 진단명도 받지 못했고, 약을 계속 먹어야 할지 말아야 할지 고민하고 있다. 병원을 나서는 길에 임신 중에 항생제를 먹으면 태아 면역이 약해져 신생아 질병에 걸릴 확률이 유의미하게 높아진다는 연구결과[15]를 봤고, 평소라면 또 엄마 탓한다고 연구결과를 욕했겠지만 지금은 진심으로 두려워하고 있다.

면역력 저하로 하던 일을 모두 멈추고 투병 중이던 지인이 이야기를 듣더니, 임신 후 갖은 병치레를 하면서도 휴직하지 못하는 내가 안쓰럽고 또 대단하다고 했다. 파트너와 임신에 대해 계속 고민 중이지만 자신이 없다고. 그 말에 이렇게 대답했다.

"제가 이럴 줄 알았을까요. 속아서 한 임신입니다."

정말이지, 이 정도일 줄은 몰랐지.

30주차

#서울퀴어문화축제 #혐오의 대물림

2018년 7월 14일

2014년부터 퀴어문화축제에 꾸준히 참석하고 있다. 올해는 배가 많이 불러 축제장을 활보하기는 힘들지만 오랜만에 친구들도 만나고 젠더 감수성을 기르는 태교도 할 겸 광화문에서 열리는 서울퀴어문화축제에 다녀왔다. 축제 장소에 가는데 시청광장 앞 혐오세력들의 시끄러운 소리가 한창이었다. 그들은 퀴어문화축제의 입구에서 "남녀의 결합만이 아기를 만들 수 있고 출산은 신성하다"고 외쳤다. 결혼과 출산은 국가의 자산이고 경쟁력이라면서. 참 이상하다. 이게 교회의 이야기라고?

7월의 여름 낮, 햇볕은 뜨겁고 내 몸은 무거워 죽겠는데, 출산은 아름답다느니 아기에겐 엄마, 아빠가 필요하다느니 태아의 생명은 소중하다느니 하는 문구들이 가득 적힌 피켓 행렬을 보니 분노가 차올랐다. 그들의 소리는 외려 '정상 가족' 내에서 아기까지 가진 나를 더 불편하게 만들었다. 임신한 여성에 대해 정말 한 번이라도 생각은 해봤을까. 임신과 출산을 성소수자를 혐오하는 언어로 사용하는 건, 그들이 임신한 여성과 성소수자를 제일 만만하게 여기기 때문은 아닐까? 혐오를 대물림하는 데 출산을 도구로 이용하지 않았으면 좋겠다.

#특이사항 없음 #'자연스러운' 고통

2018년 7월 15일

재채기를 하거나 코를 풀 때마다 배가 단단하게 뭉친다. 조금이라도 걸으면 외음부가 아픈데 만져보면 불룩하니 부어 있다. 외음부가, 그러니까 성기를 감싸고 있는 외부 피부가 아픈 건 아무래도 이상하다 싶어 병원에 갔는데 경부 길이 좋고, 아기 태동 좋고, 자궁수축도 없단다. 아기나 산모에 아무런 이상이 없다고. 이런 것도 그저 자연스런 임신 증세라니! 도대체 몸이 어디까지 망가져야 아기가 나오는 걸까.

일반적 증세가 아닌 거 같을 때 임신·출산 커뮤니티에 물어보면서 혼자 스트레스 받고 앓느니, 산과 전문의에게서 문제없단 걸 확인받는 게 마음이 편하지만 돌아오는 길은 늘 찜찜하다. 병원에선 특이사항이 하나도 없다는데 나는 왜 이렇게 힘들고 아픈 걸까. 경부 길이가 짧거나 자궁경부무력증(자궁에 힘이 없어 조기에 열리고 양막이 풍선 모양으로 탈출돼 양수가 터지면서 조산하는 증세)[16] 혹은 자궁수축으로 입원하는 임산부들은 얼마나 괴로울까. 그들의 목소리는 다 어디에 묻혀 있는 걸까.

정말 도대체. 수많은 여성들이 지금 이 순간에도 임신을 하고 출산을 하는데. 도대체 왜, 어째서, 어떻게, 그럴 수가 있냔 말이다. 우리는 모두 여성의 자궁을 거쳐 태어났다. 단 한 명의 예외 없이 모두가 말이다. 어째서 그 여성들의 고통이 당연한 거지? 임신과 출산 과정의 고통이 어째서 그저 그런, '자연스러운' 과정 중 하나로만 치부되느냔 말이다.

#육아가 어렵지 #출산은 쉬워

2018년 7월 18일

실망스러웠다. 어느 정도 나와 정서를 공유할 수 있다고

생각했던 남자 선배와 출산에 관한 이야기를 나누다 내 출산 공포를 이야기하자, 그는 자기 아내의 경우, 아기 둘을 낳았지만 쉽게 낳았다며 "육아가 어렵지, 출산은 괜찮다"는 말을 참 쉽게 했다.

여전히 아기 낳으면서 죽는 산모들이 많다. 설령 아기를 낳고 살아남더라도 그거면 그저 괜찮은 건가. 출산으로 망가진 몸은 전과 같이 회복되지 않는다. 뭐가 그렇게 쉬우시냐 했더니 그는 "그렇게 아기 낳은 몸이 가장 아름다운 몸"이란다. 그는 그렇게 끝까지 함부로 이야기했다. 그렇게 말하면 출산을 앞두고 두려워하는 나를 응원할 수 있으리라 생각했을까?

출산으로 변형된 몸에 모성애를 부여하여 여성의 아름다운 몸이라 말할 수 있다. 그것이 페미니즘과 어긋난다고 생각하지는 않는다. 다만 어디까지나 그건 출산 당사자의 고백이어야 한다. 출산 당사자는 그렇게 스스로 출산에 긍지를 부여할 수 있다고도 생각한다. 몸에 대한 사회적 인식은 그대로인 상황에서 이미 망가진 몸을 두고 '보디 포지티브Body positive(나의 몸을 긍정하는 '몸 긍정성' 캠페인)'를 외치는 건 출산을 경험한 여성이어도 쉽게 하지 못할 진데 남성이 '출산 여성의 아름다운 몸'을 운운한다? 오만이 방자하다.

선배는 아내의 임신 중 온갖 수발을 다 들었다며 내게도 남편을 노예 부리듯 부려먹으라 말했다. 왜 이렇게 오만할까. 임신한 아내의 수발을 들면 노예라는 이야기일까. 아내가 임신 혹은 육아 중일 때 남편이 가사 노동을 하면 아내의 일을 '대신'했으니 대단하고 기특하기라도 한 거냔 말이다.

남편들은 스스로 뭐가 그렇게 다 잘났고 대단한 존재인 걸까. '힘든 아내를 잘 도와주는 사려 깊은 나'라는 나르시시즘narcissism에 빠진 남편들 너무 경멸스럽다. 부디 '아기 낳고 망가진 아내의 몸도 사랑하는 다정한 나'라는 망상도 같이 무덤으로 들고 들어가시길.

#배 뭉침이 기본값 #상반신 압박

2018년 7월 19일

이제는 배 뭉침이 기본값이다. 전에는 배가 자주 뭉친다 싶으면 한 시간에 몇 번 뭉치는지 세고 그다음 한 시간 동안도 계속 뭉치는지 관찰하고 걱정했는데 이제는 배가 뭉치면 뭉치는가 보다 한다. 아기도 이 작은 배 안에서 답답하려나. 배가 뭉치면 코피가 날 거 같다. 실제로 코피가 나지는 않지만 상반신 전체가 강하게 눌리는 느낌이다. 얼굴

의 모든 구멍에서 내 안에 있는 것들이 터져 나올 거 같다.

배 뭉침과 아기의 태동을 구분하기도 힘들어졌다. 아기가 그만큼 커졌다. 아기가 스트레칭을 하느라 손발을 자궁벽에 단단히 대고 있는 건지 아니면 그냥 배가 뭉치는 건지 내 감각으로는 구별해내기 어렵고, 뭉친 부위를 손으로 꾹 눌렀을 때 뭉침이 사르르 풀리면 '아, 아기였구나' 한다. 강한 배 뭉침을 계속 경험하면 언젠가 아기도 나오겠지.

31주차

#가부장 사회 #좋은 남편 #가사 '돕기'

2018년 7월 21일

임신 소식을 이제 들었다며 축하한다고 남자 선배에게서 오랜만에 전화가 왔다. 이제 막 돌 지난 첫째아이를 양육하던 중에 아내가 둘째아이를 가져서 자기는 아내를 떠받들고 있는 중인데 회사도 다니면서 퇴근 후 양육과 가사로 아주 힘든 나날을 보내고 있다며 네 남편도 임신한 아내를 돌보느라 많이 힘들겠다는 소리를 했다.

독실한 기독교 신자인 그는 이런 말을 했다. "요즘 나는 아내를 하나님처럼 섬기고 있어. 태초에 신이 말씀으로 천지를 창조하셨듯 아내가 설거지를 하라 말씀하시면 재빨리 설거지통을 비우고 빨래를 하라 말씀하시면 언제 빨랫

감이 있었냐는 듯 빨래통을 비우고 있어. 내 아내는 말씀만으로 온 집 안을 지휘하셔. 그래도 내가 잘 못해서 계속 혼나."

선배는 그런 말이 아내를 욕보이는 일이란 걸 모르고 있었다. '아내를 위해 온몸으로 희생하지만 열심히 해도 혼나는 나'가 그렇게 고귀하고 소중할까? 그렇게 대단한가? 스스로 좋은 남편이라고 생각하는 사람들에 대한 환멸이 쌓인다. 다른 남편들과는 다르다는 우월감도 어쩜 그리 우스울까.

당신들이 고생하며 양육과 가사를 '돕고' 있는 게 '원래는 아내 몫'이라는 저급한 인식만 드러날 뿐이다. 아내가 임신하고 고생하는 건 자연스러우면서 남편이 양육과 가사를 맡은 건 어쩜 그리 특별하고 숭고한지 모르겠다. 어쨌든 자신과 아내가 동등한 위치는 아니라는 거지. 가사 '돕는다'는 남편들이 제일 싫다.

남자 선배들은 나와 말 섞어서 좋은 소리 들을 일 없다는 걸 알면서도 왜 그렇게 내게 '좋은 남편'임을 어필하려는 걸까. 이 가부장 사회에서 '좋은 남편'이란 건 없다. 개인이 아무리 노력한대도 한국에서 나고 자란 남성은 한국 남자 못 벗어난다. 가부장 사회라는 게 그런 거다. 노력 없이 이룬 자기 위치를 인식하고 인정하는 데서부터 시작해야 '좋은 남편' 길로 들어서는 구멍에 빛이라도 들어올걸?

#두 개의 심장 #에어컨 못 켜는 여름
2018년 7월 22일

와. 정말 덥다. 몸이 원래 약해 여름에도 추위로 고생하는 편인데 올 여름은 정말 너-무 덥다. 여름에도 덥단 소리를 잘 안 하던 내가 "밤새 더워서 못 잤다. 땀을 뻘뻘 흘린다. 이상하다" 했더니 아이 둘을 양육하는 지인이 "당연하지! 자기 몸속에서 심장이 두 개나 뛰는데!"라고 하더라.

여름에 출산한 지인은 실내외 할 거 없이 너무 덥고 몸에 열이 나는데도 찬바람 쐬면 안 된대서 긴팔, 긴바지로 산욕기를 버티며 힘든 시간을 보냈다고 했다. 에어컨을 시원하게 못 켜게 하는 조리원에서 도저히 참을 수가 없어서 반팔 차림으로 복도에서 땀을 식혔다고. 그때 출산으로 벌어진 뼈 사이로 바람이 들어왔는지 지금 너무 시리고 힘들단다.

나는 춥디추운 한국의 겨울날에 출산하는 여성들이 더 힘들지 않을까 생각했는데, 출산 경험이 있는 이들은 출산 예정일이 여름인 사람들에게 "날씨 때문에 힘들어서 어떡하나, 엄마가 고생이 많겠다" 하는 말을 더 많이 하더라.

임신을 하면 기초체온이 올라간다. 내 몸 안에서 나보다 더 뜨거운 한 생명체가 자라고 있고. 그런 몸으로 여름을 맞이하니 그 어느 때 맞이한 여름보다 더 지독하다. 출산 후 '나'를 위해 에어컨도 못 켜는 여름을 지내야 한다면 진짜 죽고 싶지 않을까.

#별개의 인격 #아기와 분리
2018년 7월 24일

나와 임신기를 같이 보낸 지인이 막 아기를 낳고선 신생아 사진을 보내왔다. 사진을 보자마자 이 말부터 나왔다.

"헉, 너무 사람이다."

지금 내 배 속에 한 '사람'이 있다는 느낌은 잘 안 드는데 갓 태어난 아기는 완전한 사람의 모습을 하고 있었다. 지금은 아기가 아무리 움직여도 내 배 속 무언가라는 생각뿐이다.

태어나는 순간부터 아기는 나와 별개의 인격으로 존재하겠지. 지금은 분리가 잘 안 되는데 말이다. 내 배 속에 한 인격이 자란다고 생각하면 부담스럽다. 아직은 나를 더 살피고 아껴주자고 마음먹지만 신생아 사진이 계속 아른거려 몹시 신경 쓰인다.

#지금이 제일 좋을 때야

2018년 7월 25일

아빠에게서 전화가 왔다.

"덥고 배 불러 고생이 많겠지만 아기 태어나면 더 힘들어. 지금이 제일 좋을 때야."

아빠는 임신을 해봤던 걸까?

임신·출산·육아에 말을 얹는 남성들에게는 특징이 있다. 이전엔 안 해도 됐던 일을 아내의 임신·출산으로 조금씩 거들어야 했는데 처음 하는 일이라 힘들긴 했지만 스스로 너무 대견했던 거지. 아빠도 내가 아기 때 기저귀 가느라 너무 힘들었다고 배 속에 있을 때가 좋았다고 한다. 내가 엄마 배 속에 있을 땐 아빠나 좋았지, 엄마는 힘들었어.

아기가 배 속에 있을 때가 더 낫다는 이야기는 임신·출산을 경험한 여성이 말해도 그 공감 능력이 의심되는데 하물며 도움도 안 되는 남성이 말할 때면 저 스스로나 잘하란 말을 하고 싶다.

#후기 입덧 #구토 #마른기침

2018년 7월 26일

이런 게 '후기 입덧'인가. 토할 거 같다. 메슥거리고 울렁거리는 초기 입덧과는 확실히 다르지만 토할 거 같은 고통이 또다시 나를 괴롭힌다. 조금만 먹어도 숨이 벅차고 가슴이 답답하다. 어제는 밥 먹은 지 다섯 시간이 지났는데도 구토가 목 밖으로 넘어왔다. 그간 소화가 하나도 안 됐다는 걸까.

이제는 가슴 바로 밑부터 불룩하다. 심장, 위, 폐까지 다 눌리고 있다. 폐환자처럼 계속 마른기침을 하고 답답함을 호소하는 중이다. 임신을 8개월간 지속하면서 별 다양한 증세를 다 겪고 있다. 어째서 인간은 여성의 몸에서 10개월이나 자라다 나와야 하는 걸까. 똑같은 업무에 똑같은 일상을 살아내면서 내 몸에선 제대로 규명도 안 되는 어마어마한 일들이 계속 일어나고, 나는 이렇게 속절없이 고통만 받아야 하다니. 21세기 현대과학 뭐야, 뭐야.

9개월

남들은 그렇게 엄마가 되는 거라고들 한다

32주차

#엄마의 필수조건 #고통
2018년 7월 28일

과일 몇 조각만 먹어도 숨이 찬다. 헥헥. 정기검진 가는 김에 가슴이 너무 갑갑하고 폐인지 위인지 심장인지 셋 다인지 모를 내 장기가 아프다고, 임신 후기 증세인건 알겠지만 조금 완화할 방법이 없느냐 물었더니 담당의는 역시나 "없다"라고 하셨다. 증상만 있지 몸에 '문제'랄 게 있는 건 아니라서 치료할 것도 없다고.

트림을 해보면 답답한 게 나아질까 싶어 가슴을 쳐보는데 트림도 잘 안 나온다. 간신히 트림을 해도 먹은 게 같이 올라온다. 내 식도가 또 상하고 있구나 싶다. 숨 쉬기가 힘든 걸 보면 폐 문제인 거 같기도 한데 심호흡을 크게 해도 나아지지 않는 걸 보면 심장 문제 같기도 하고. 특정 장기를 지적할 필요도 없이 모든 장기가 눌리고 있는 거겠지.

출산이 임박해오면 아기가 자궁 아래쪽으로 내려가 지금 겪는 어려움들은 사라질 거라고 한다. 임신기 내내 지금 시기만 버티면 이 증세는 사라질 거란 희망으로 지내왔다. 그 증세 하나가 사라지면 주기에 맞는 새로운 증세로 고통받아오면서.

고통을 호소할 때마다 주변에선 그렇게 엄마가 되는 거라고 말한다. 꼭 그 고통을 모두 내 몸으로 겪어야만 엄마가 되는 걸까. 고통이 '엄마 됨'의 필수조건이어야만 하는 걸까. 이런저런 해답 없는 질문들을 던져보지만, 모성의 고통을 당연하고 자연스러운 것으로 여기는 사회일수록 여성이 인간으로 대접받기 힘들다는 것만큼은 잘 알겠다.

#내 배를 왜 만져? #공공재?

2018년 7월 30일

거울을 보다가 깜짝 놀랐다. 배가 정말 많이 나왔다. 임신 어플리케이션에서는 임신 9개월에 접어들었음을 알려줬다. 아기를 배 속에서 조금만 더 키우면 그 지긋지긋했

던 임산부 생활도 끝나겠구나! 아기가 배 속에 있을 때가 더 편하단 이야기도 이제 곧 그만 들을 수 있겠지.

아래쪽 배만 나왔을 때는 자궁 쪽이라 그런지 함부로 만지는 사람이 많지 않았는데, 가슴 바로 아래부터 불룩하니 정말 아무나 다 만진다. "와, 배 정말 많이 나왔네요" "아기가 많이 움직이나요?" 하면서 누구나 내 배에 손을 댄다. 당황스러움을 표현할 새도 없이 순식간에 일어난다.

한 언론사의 임산부 인식 조사에 따르면, 타인이 배를 만지는 경험을 겪은 임산부가 무려 78.6퍼센트라고 하니 누구나 내 배에 손을 대는 것이 비단 나만의 경험이 아닌 거다.[17]

나는 누군가 옳지 않은 발언을 하거나 불쾌한 상황을 만들면 늘 문제제기를 해왔다. 상대가 친구건 동료건 상사건 나는 참지 않는 사람이었다. 그래서 미움도 많이 받았지만 그걸 두려워하지도 않았다. 그런데 이상하지. 임산부 배에 손 한번 얹어보는 걸 사람들이 너무 당연하게 생각해서 나도 어버버 하며 손 놓고 당하게 된다.

ㄴ, 곰순곰순

사람들 손이 자꾸 배로 오는 걸 무의식적으로 방어했는데, 배가 커지니까 방어하는 것도 소용이 없고 그냥 당하게 되더라고요.

#세대 #사회 #변화
2018년 7월 31일

얼마 뒤 아기를 낳으면, 임신과 출산이란 건 더 이상 내게 아무것도 아닐 테고 그 고통만 어렴풋이 남아 있으리란 걸 잘 알고 있다. 생경한 듯 전혀 기억하지 못할 수도 있으리라 생각한다. 아기를 낳고도 건강히 살아남고 망가진 몸과 체력도 어느 정도 회복한다면 그깟 출산, 별일 아니라고 생각할지도 모르겠다.

이 '임신일기'는 임신한 내 일상과 생각의 극히 일부일 뿐이라 임산부 전체는커녕 나라는 사람조차도 대표할 수 없다. 누군가에겐 임신이 흘러가는 일처럼 가벼울 수도 있고 누군가에게 제 인생 최악의 일일 수도 있겠지. 어떤 사람은 임신기의 매일을 감사와 환희로 보낼 수도 있고.

사실 기록을 하는 데 갈수록 의지가 많이 요구되고 있다. 처음엔 정말 너무 고통스러운 것을 말할 데가 없어 기록으로 해소했다면, 이제는 그걸 넘어섰다. 임신한 여성의 임신 이야기를, 여성을 소외시키지 않고 끝까지 해내자는 마음이다. 내 이후엔 세대와 사회가 변하길 바라면서.

#부종 #"싱기방기" #일 욕심

2018년 8월 2일

신발을 꺾어 신은 지는 2, 3주 됐다. 발과 발목은 부어 통통해졌고 다리는 너무 저린다. 허리디스크 통증으로 고생했을 때 같다. 배가 무거워 척추에 무리가 간 건지 자궁이 눌려 다리까지 눌리는 건지, 아무튼 길고 두꺼운 장침으로 다리를 쑥쑥 찌르고 싶은 심정이다.

요즘 내 입에서는 힘들다는 말밖에 안 나온다. 숨 쉬기도 힘들고 걷기도 힘들고 앉아 있기도 힘들고 누워 있는 것도 힘들다. 역대 최악의 폭염이라는데 10킬로그램이 늘어난 몸으로 여전히 출근을 하고 업무를 해낸다. 배려라는 건 타인에게도 여유가 있을 때 가능한 거 같다. 시혜에 기댈 수밖에 없는 내가 초라하다.

상사는 왜 이렇게 아기를 일찍 가졌냐고 했다. 회사에 일이 많아 한 사람 한 사람이 아쉬운 건 이해하지만, 동료들을 버리고 도망가려고 임신한 게 아닌데 내게 계속 죄책감을 주입하려는 거 같다. 그 상사는 기혼자로 입사한 내게 계속 아기를 언제 갖느냐고, 젊을 때 많이 낳아야 한다고 늘 이야기했으면서 말이다.

매일 몸 상태가 안 좋아진다. 하루하루 몸무게가 늘어나고 피로감이 지나치게 쌓인다. 더 이상 일을 못 하겠다고 생각하지만 또 일에 대한 욕심을 놓을 수 없어 씨름한다. 나는 똑똑하고 능력 있는 사람인데 임신 후 그만큼 역할을 못 해내는 것 같아 견디기 힘들고 출산과 육아 후 직무 지식이 백지가 될까 봐 두렵다.

다리를 일자로 펴고 앉으면 배와 다리가 붙는다. 숨은 숨대로 안 쉬어지는데 배가 다리를 누르니 하체에 부담이 더 간다. 친구들에게 하소연했다. 임신은 정말 초기부터 후기까지 전 기간 동안 몸이 망가지는 여정이라고.

발목 부종 사진을 가족 단체 대화방에 올리니 오빠가 보고 놀라며 다쳤냐고 물었다. 부종은 임신 후기엔 누구나 겪는 흔한 증상이지만 주변에 임신한 여성을 볼 일이 없었을 오빠는 모를 수도 있겠다 싶어, 배 속에 아기가 있어 그렇다 했더니 오빠가 "싱기방기"하단다. 어이가 없어서 웃음이 나왔다. 나의 고통은 "싱기방기"하지 않다. 말 그대로 고통이고 현실이다.

ㄴ, 믹구

출산 후에 더 부을 수도 있어요. 산과 검진 때 압박 스타킹 처방받아 구매해두시면 다리 붓기 완화와 혈액 순환에 도움이 되더라고요. 출산 후에는 보험 적용 안 되니까 미리 사두시는 게 경제적이에요. 힘내세요…

33주차

#산전마사지 #산후마사지

2018년 8월 4일

계약한 산후조리원에서 서비스로 제공하는 산전마사지를 받고 왔다. 기분 탓인지는 모르겠지만 마사지를 받으니 발 부종도 다소 진정된 거 같고 온통 뻐근하던 몸이 조금은 유연해진 거 같다. 너무 거대해져 내 손이 닿지 않는 몸 구석구석까지 세밀하게 만져주는 사람의 손길은 역시 좋구나. 이래서 다들 아기 낳고 꼭 마사지를 많이 받아 붓기 빨리 빼고 산후통에서도 빨리 빠져나오라고 하나 보다.

사실 아무리 비싸더라도 출산 후엔 돈 걱정 말고 무조건 마사지를 많이 받으라는 조언들이 내게는 애먼 소리로 느껴졌다. 50분간 진행되는 산후마사지 1회 비용이 10만

원이 넘는데 구내식당 한 끼 식사에도 덜덜거리며 도시락을 싸먹던 내게, 너를 위한 투자를 아끼지 말아야 한단 말이 너무 엉뚱했달까. 이제는 어떤 의미인지, 어떤 마음으로 하는 이야긴지 이해하지만 여전히 내 상황과는 동떨어져 있는 게 사실이다.

다시 무심한 제도에 대해 생각을 안 할 수 없다. 아기를 낳고 기르는 건 물론, 출산 전후로 달라지는 몸을 회복하는 비용까지 개인이 지불해야 하는 시스템을 수정하지는 않으면서 저출생을 '재난'에 빗대어 이야기하는 입법행정가들은 가임기 여성을 도대체 뭘로 보는 걸까.

#작은 아이 #좋은 엄마
2018년 8월 6일

아기가 급격하게 크는지 하루하루 임신 증세가 심화되고 있다. 이제는 1분 아니 10초만 서 있어도 허리가 무너질 거 같다. 똑바로 걷는 게 어떤 건지 모르겠어서 허리를 굽혀 걸어보기도 하고 뒤로 젖혀보기도 하면서 나름 바른 자세를 찾아보려고 하지만 어떤 자세를 취해도 불편하다. 계속해봐야 허리가 망가지는 느낌만 든다.

아기를 2.8킬로그램까지만 배 속에서 키우다가 얼른 낳고 싶다는 푸념을 종종 한다. 그 정도면 최선을 다한 거 같다고. 그보다 더 큰 아기를 내 좁은 산도로 통과시켜 낳는 게 무섭고, 낳아보려다 실패해 진통은 진통대로 다 겪어놓고도 수술해야 할까 봐 무섭다. 지금보다 더 큰 몸으로 만삭 시기를 보내야 하는 것도 너무 두렵다.

아기를 작게 낳고 싶다 말하면 다들 의아해한다. 의아함을 넘어 나를 싸늘하게 바라보는 시선까지 느낀다. 저 편하자고 작고 온전하지 못한 아기를 낳으려는 이기적인 엄마란 걸까? 나는 9개월간 숱한 고생을 겪으며 배 속에서 아기를 키운 내가 지금도 너무 대단한데, 사회에서 '좋은 엄마'로 인정받는 건 왜 이렇게 어려운지, 도대체 그 기준은 누가 만들고 판단하는 건지 모르겠다.

작게 태어난 아기가 병치레를 더 많이 하거나 다른 아이들보다 발달이 늦을 수도 있지만 사실은 그렇지 않을 수도 있다. 그저 아기가 겪는 어려움에 '아기 낳은 여자' 핑계를 대면 '아기 낳은 여자'를 제외한 모두가 편하기 때문에 그러는 것이라 생각한다. 문제의 원인도 해결 방안도 '엄마'를 지목하면 되니까.

난 아기를 너무 만나고 싶고, 아기와 함께하는 삶이 기대된다. 그래서 빨리 아기를 낳고 싶다. 물론 내 작은 배 속에서 아기가 계속 커가는 데에도 무리를 느끼고 있다. 죽을 거 같다. 그래서 빨리 아기를 낳고 싶다. 큰 아기를 아프게 낳을까 봐 무섭다. 아기를 낳고도 무사히 살아남고 싶다. 그래서 빨리 아기를 낳고 싶다. 이 모든 생각과 감정이 모두 다 '나'다. 이게 다 '나'인데 내 모성을 누가 판단할 수 있을까?

나는 이 이야기를 하고 싶다. 모성신화가 허구라는 이야기를 할 때, 모성 자체를 부정해서는 안 된다고. 모성에는 저마다의 이야기가 있고 모두 개별적이고 모두 특별하다고. 모성의 모습을 '규정'하는 순간, 아기를 낳은 여성은 '비정한 엄마'와 '맘충'으로 이분화된다. 여성을 '악녀' 혹은 '성녀'로만 분류하는 것처럼.

#전기세 감면 #할인 혜택 #댓글

2018년 8월 8일

"어쩌라고요. 너무 바라는 듯. 나랏돈으로 아기 키우려고 아기 낳았나요?"
"능력 안 되면 에어컨, 건조기, 세탁기 적당히 사용하세요."
"조금 있으면 아기 간식비 왜 안 주냐고 할 거 같아요."
"기사처럼 이 사정 저 사정 다 봐주면 끝도 없습니다. 편법 쓰는 사람도 많아질 거고요."

"산모만 힘드냐? 전 국민이 다 힘들다. 요즘 엄마들 공짜 너무 바란다."
"징징거림이 끝도 없네. 쌍둥이 낳으면 전기세 무료로 해줘야 하냐?"
"할인 혜택이 있다는 것 자체가 지원인데 진짜 욕심이 끝도 없다."
"복지 적당히 바래라. 무슨 상거지도 아니고. 하여간 인간성 더럽다."

〈'전기요금 폭탄' 두려운 산모들 "할인 제도 있지만 구멍 숭숭"〉[18]이라는 기사에 달린 댓글이다. 신생아가 있는 집에는 전기세를 감면해주지만, 많은 산모들이 친정이나 시가에서 몸조리를 하므로 주민등록상 주거지만 할인 혜택이 적용되어 실제론 무용지물이라는 내용의 기사였다. 아기는 스스로 체온조절을 못 해 에어컨이나 가습기, 제습기로 실내 온도와 습도를 일정하게 유지해야 하고, 매일 아기 옷 세탁을 해야 하는 상황에 할인이래봤자 1만 6천 원이 고작이라 턱없이 부족하단 이야기에 온통 저런 댓글뿐이다. 팍팍한 시대에 아기를 낳고 기르는 젊은 부부들에게 건네는 작은 공감조차 그렇게 어려운가.

화가 나야 하는데 상처를 많이 받았다. 아기가 곧 나올 텐데 이런 사회에서 아기 낳는 거 너무 큰 죄는 아닐까.

ㄴ nowhere_ing

신생아가 있으면 실내 온도를 22~24도 정도로 맞추라고 모든 육아서에 다 나와 있고, 그렇게 안 해주면 태열 심한 아기들은 나중에 아토피로 이어질 가능성이 크다. 결국 에어컨을 겁나 틀 수밖에 없는데, 이걸 그냥 '더워서 힘드니까 틀래, 징징징' 이렇게밖에 안 보는 거 너무 환멸스럽다☠️

#안 비켜줄 사람은 안 비켜줘요

2018년 8월 10일

커피를 들고 지하철을 탔는데 사람이 가득해 "어, 앉을 곳이 없네" 하며 객실 안을 두리번거리던 중 한 분이 자리를 내어주셨다. 앉으려는데 저 멀리서 역무원이 오더니 "저기 아가씨, 다음부턴 이런 데 서 있지 말고 바닥에 보면 빨간 스티커 있어요. 그게 임산부배려석이니까 그 앞에만 서 있어요" 했다. 나는 역무원이 "저기 아가씨, 다음부턴…" 하고 말을 걸어서 '아, 이제 커피를 들고 타면 안 되는 건가?' 생각했지 임산부가 객실 내 아무 자리 앞에 서 있었다고 혼날 줄은 몰랐다. 나는 아가씨도 아니고.

역무원의 말이 끝나자 내 옆에 있던 다른 분도 거들었다.

"그냥 다니지 말고 임산부들 달고 다니는 거 있어요. 그거 하고 다녀요."

두 사람에게 말했다.

"저도 임산부배려석의 존재를 알아요. 그렇지만 이미 다른 사람이 앉아 있는 자리 앞에 서 있는 게 무슨 소용이에요. 거기 서 있어도 아무도 안 비켜주던데요. 임산부 배지도 여기 있어요. 배가 이렇게 나왔어도 안 비켜줄 사람은 안 비켜줘요."

내가 그렇게 입을 떼니 열차 안의 모든 사람들이 나를 쳐다봤다. 임산부가 자기 목소리로 말하니 아무래도 신기한 모양이다. 임산부 배지 달고 임산부배려석 앞에만 서 있으라니 이렇게 황당할 수가. 한 열차에 임산부 열 명 타면 뭐 어떡할는지. 그 자리에 서도 아무도 비켜주지 않는다 하니 그러면 역무원에게 말하란다. 이렇게 현실감각 없어도 괜찮은 걸까. 이마저도 권력이라 생각한다.

이후 열차를 환승하고 젊은 여성분이 자리 양보해주셔서 감사하다, 인사하던 중에 중년 남성에게 또 자리를 인터셉트당했다. 지하철만 타면 시민사회에는 없을 법한 기괴하고 환멸을 느낄만한 일들이 실제로 벌어지지만, 임산부에게는 일상이고 공감 못 하는 사람은 영원히 못 한다.

ㄴ, **익명**

저도 오늘 처음으로 임산부배려석에 임산부가 앉아 있는 걸 봤어요. 마치 전설을 두 눈으로 본 것처럼 생경했어요. 하하… 저는 정말 이 나라를, 이 사회를 모르겠어요.

34주차

#오줌 #부끄러움 #상처

2018년 8월 11일

언제부턴가 그날 입고 나간 임부 레깅스를 벗어보면 가랑이 부분에 오줌 자국이 나 있다. 하루 이틀이 아니라 매일 그렇다. 나도 모르는 틈에 오줌이 새는 것 같다. 조금 전엔 샤워 후 새 팬티를 입고 양치를 하다가 또 오줌을 쌌다. 오줌 지리는 게 익숙해지질 않는다.

숨기고 싶다. 내게서 오줌 냄새가 날까 봐 신경이 쓰이고 빨래통에 오줌 묻은 레깅스를 넣어 놓는 게 왠지 부끄럽다. 임신하지 않았대도 비난받아선 안 되는 일인데, 임신 후기의 자연스런 증상임에도 내 마음에 상처가 난다.

└, 물어본다

그때쯤 기침할 때 오줌 새는 게 시작되어 지금은 출산한 지 5년째지만 아직도 기침할 때마다 오줌이 샙니다. 소변 마려운 걸 참는 정도가 출산 전에 비해 많이 약해져서 화장실을 전보다 자주 가요. 지금도 임신일기 님 글처럼 많이 속상하고 그렇습니다.ㅠㅠ

└, 초봄을 키우는 여름

임신일기 님 오늘 트윗 보다가 아기 낳고 30개월이 지난 지금도 기침을 하거나 재채기가 크게 나올 땐 다리 꼬는 내 모습이 생각나 또 눈물 찔끔… 요실금은 나아지긴 하는 걸까? 평생 이렇게 찔끔거리다 나이 쉰 넘어 요실금 수술을 하게 될까. 아직도 아기 낳고 40여 일 지나 지독한 열 감기에 걸려 토할 때 왈칵 오줌을 싼 일이 생생하다. 딸래미 괜찮나 등 두드려주러 오신 엄마 앞에서 펑펑 울며 말했다. "엄마, 나 오줌 쌌어허엉엉." 수치스럽다기보다는 자괴감이 들었다. 아기 낳고 이럴 줄은 정말 몰랐다.

#자기효능감 #수영장 괴롭힘

2018년 8월 13일

요가도 힘들고, 걷는 것도 힘들고, 하다하다 이젠 누워 있는 것도 힘들다. 뒤척일 때마다 온 관절이 다 아프니까.

그러다 동네 수영장에 수영하러 갔다가 신세계를 경험했다. 수영장에선 이런 내 몸이라도 날아 다닌다! 물속에서 재빠르게 헤엄치면서 오랜만에 몸으로 이루는 자기효

능감이란 것도 느꼈다. 내 사지의 자유로움을 느끼며 어릴 때 수영을 배워놓길 잘했다고 나를 칭찬했다. 하지만 그도 오래가지 못했다. 레일 한 바퀴를 돌고 왔다가 수영장 할머니들께 집단 괴롭힘을 당하고 말았다.

"아가씨, 임신했지? 여기 왜 와. 저쪽 가서 제자리 콩콩 뛰기나 해."

"누가 배 차면 어떡하려고!"

"걸리적대니깐 나가!"

어, 이상하다. 내가 이 레일에서 수영 제일 잘하는 거 같은데. 레일이 좁아 수영하다 누가 내 배를 찰 수는 있겠지만 그럴까 봐 앞뒤 간격도 잘 재고 옆 사람이 평형하는지도 잘 보면서 가고 있었다. 동네 수영장 텃세가 심하다고는 들었지만 할머니들 열댓 명에게 텃세를 당하니 무서웠다. 나를 '아가씨'라고 부르는 것도 이상했는데(모르는 사람들이 고나리할 때 꼭 나를 '아가씨'라고 부르더라).

초급 레일이야말로 사람이 더 많아서 위험할 거 같으니 제가 조심히 다니겠다고 말씀드리고 할머니들 말씀 뒤로 한 채 계속 레일을 돌았다. 두세 바퀴 더 돌았을까. 결국 할머니들 괴롭힘을 못 이기고 결국 초급 레일로 가서 제자리 콩콩 뛰기나 하다 왔다. 콩콩 뛰기 하던 누군가가 돌연 발차기 연습이라도 하면 깜짝 놀라 양팔로 배를 싸매면서.

나도 운동이란 걸 하고 싶다. 배가 지금보다 더 불러오면 어차피 못 할 수영이었지만 할 수 있을 때까지는 하고 싶었다. 수영하면서 행복했는데 이렇게 또 좌절인가. 그 할머니들은 정말 내 걱정을 했던 걸까? 그랬다면 샤워장에서 내 물건 떨어뜨렸을 때 나 몰라라 하지 않고 주워주지 않았을까?

#다 우리 이야기잖아요

2018년 8월 14일

얼마 전 내 '임신일기'를 날마다 잘 읽고 있고, 이 기록을 시작해줘서 놀랍고 좋다는 한 분의 피드백을 받았다.

ㄴ 물어본다

임신일기 님, 글 날마다 감사히 잘 읽고 있습니다. 이 기록을 시작해주셔서 놀랍고 좋아요. 다 우리 이야기잖아요. 부디 임신기 잘 보내시고 출산 후에도 이야기 이어주세요.

"다 우리 이야기"라는 말이 계속 마음에 남는다.

임신을 한 어느 평범한 여성이 평범한 일상 이야기를 하는데 다 같이 한마음으로 분노도 하고, 슬퍼도 하고, 기뻐도 한다. 여성의 삶을 여성이 너무 잘 알아서일까. 내게 평생 없을 삶이래도 말이다.

#철없는 소리 #엄살 #세상의 아빠들
2018년 8월 16일

배가 고파 복숭아 두 개를 허겁지겁 먹고는 숨이 잘 안 쉬어져 크게 호흡을 하고 가슴을 치며 답답해했다. 아빠는 "왜, 또, 뭐" 하는데, 이거 너무 서럽네. 엄마가 날 가졌을 때의 기억을 왜 다 잊었다고 했는지, 그때 아빠가 엄마를 어떻게 대했을지 눈에 선하다.

아빠가 엄마를 향해 날 좀 집에 보내라고 하길래 "손주는 기대되는데 임신한 딸이 힘든 소리 내는 건 귀찮냐"라고 물었다. 아빠는 "그럼 귀찮지, 안 귀찮냐" 한다. 우리 아빠만 이런 걸까. 옛날 사람이라 그렇다며 핑계만 대는 아빠들은 왠지 다 비슷할 거 같은데.

아빠는 내가 댁에 방문할 때마다 집에 가져가라며 비싼 과일들을 잔뜩 사다놓고 맛있는 한우를 구워준다. 그렇지만 내가 임신한 몸으로 회사를 다니면서 힘든 소리 내는 건 철없는 소리고, 갖은 몸 변화에 아파하는 건 엄살이라며 "옛날에는 그러고 밭도 맸어" 내지는 "남들 다 하는 일에 왜 너만 그래"라고 말한다.

임신한 나를 무례하게 대하는 아빠 이야기를 종종 했지만, 우리 아빠 이야기가 우리 아빠만의 이야기는 아니라고 생각한다. 세상의 아빠들은 모두 여성의 몸에서 태어나 여성의 몸으로 자녀를 낳았으면서도 임신과 출산에 대해 몰라도 너무 모른다. 그들에게 임신과 출산의 고통은 알 바도 아니고, 그들은 이를 알아야 한다고 생각하지도 않는다. 그게 너무 괘씸하다.

배가 뭉쳐서 끙끙대며 누워 있는데 아빠가 시끄럽다길래 아빠는 배가 뭉치는 게 뭔지 아냐고 물었다. "아기가 꼭 웅크리고 있는 건가?" 하더라. 자궁이 수축하는 거라고, 일종의 진통이라고, 여기서 잘못되면 조산하는 거라고 말해줘도 아빠는 모른 척이다. 평생 몰라도 상관없다는 듯이. 이런 게 진짜 문제라고.

#출산 임박 #아기와의 만남
2018년 8월 17일

요즘 고통 없이 아기 낳는 꿈을 종종 꾼다. 어떤 날 꿈에선 자궁 입구가 열려 침대에 누워 힘을 주는데 기름에 미끄러지듯 부드럽게 아기가 나왔다. 그렇게 출산한 지 일주

일 만에 아기와 공원으로 산책을 갔는데 꽃향기를 맡으며 뛰어다니던 아기가 "엄마" 하고 나를 불렀다.

며칠 전엔 진통으로 병원에 도착한 지 5분 만에 아기를 아프지 않게 낳았고 아기를 낳자마자 불룩했던 배가 이전처럼 쏙 들어가는 꿈을 꿨다. 조금 전 낮잠에선 아기를 쑥 낳았는데 아기가 나 어릴 때와 똑 닮아 있었다. 신기해 갓 태어난 아기 사진을 찍었는데, 사진마다 내가 사랑하는 사람들과 아기가 꼭 닮아 있는 게 아닌가.

이제는 아기가 태어나도 스스로 호흡하며 살아갈 수 있다고 한다. 출산이 임박할수록 아기와의 만남이 더 기대되지만 출산에 대한 공포도 같이 커져만 간다. 엄마라고 어찌 출산이 두렵지 않겠는가. 임신과 출산의 고통이 마땅히 경감되어야 한다고 생각하는 사회와 그렇지 않은 사회에서 여성을 대하는 태도는 크게 다를 거라 생각한다.

ㄴ, (zizisky)

주위에서 조언을 빌미로 "계속 많이 움직여야 한다, 그래야 자연분만한다" 합니다. 제 몸의 상태는 안중에도 없고 다들 '자연분만'만 외치네요. 어른들 중 "네 몸 상태에 따라 결정해라, 네가 중요하다" 이런 말 하시는 분이 단 한 명도 없어요.

35주차

#터질 것 같은 배 #진보 없는 재생산 담론

2018년 8월 19일

계속 커져만 가는 내 배를 보면서 이것 참 야만적이란 생각을 했다. 도대체 인간의 몸을 어디까지 부풀릴 셈인가 하는 생각. 인공지능 알파고가 바둑 거장을 이기고, 유전자가위로 난치병도 고친다는 2018년에 사는데 인간이란 존재는 여전히 여성의 몸에서 열 달 동안 자란 후에야 비로소 세상에 나올 수 있다니.

곧 터질 것만 같은 커다란 내 배를 바라보고 있으면, 여성의 몸을 통해야만 재생산이 가능한 현대사회가 그 자체로 너무 여성배제적이라는 생각이 든다. 이렇게까지 여성에게 가혹할 일인가? 다른 기술들은 다 발달했는데 어째서 여성의 몸을 파괴하는 방식으로 이뤄지는 재생산 부분에서만 진보가 없냔 말이다. 여성의 몸에 대한 연구에는 투자하지 않으면서, 여성에게만 아기를 낳으라고 떠미는 국가에게 도대체 여성이란 무엇일까.

#혈변 #치핵
2018년 8월 21일

혈변을 보았다. 그저 올 게 온 거라고 나를 다독이지만 손가락으로 아무리 눌러봐도 들어가지 않는 치핵에 결국 한숨을 쉬었다. 대부분의 후기 임산부가 치질(치핵)을 앓는다고 하는데 해결 방법은 출산 후 좌욕 혹은 수술뿐이라고 한다. 어쨌든 출산 전엔 안고 가야 하는 질병인 거다. 아기가 배 속에서 계속 커지니 몸속에 있어야 하는 조직이 결국 밖으로 나오는구나. 그러잖아도 치골과 골반이 아파서 앉기도, 서기도, 걷기도 힘든데 이제 항문까지 내 고통을 증가하는 데 동참했다.

우스꽝스러운 질병이란 없는데 항문 질환은 어쩐지 더럽고 우스운 소재로 종종 취급되어 임산부들이 고통을 이야기하는 데 더 장벽이 되는 것 같다. 치질은 임신 후기에는 물론 출산 후에 심화되기도 한다. 치질 그 자체로도 불편하고 고통스럽지만 일반적인 임신 증세까지도 부끄러워 말 못 하게 하는 사회가 더 큰 문제가 아닐까 생각한다.

#휴직 #여성연대 #여성해방

2018년 8월 22일

나는 임신을 했고, 사회의 무지와 편견, 혐오 속에 9개월을 지냈다. 간신히 버티고 버텨 근로기준법에서 출산휴가의 시작을 허가하는 시기까지 회사를 다니다 드디어 휴직을 시작했다. 나로서는 내 공부와 경력에 아쉬운 일이었지만 더는 회사를 다닐 수 없는 몸이 되었고, 회사에선 나를 두고 바쁜 시기에 도망간 사람처럼 수근거렸다.

기혼 여성을 채용해서 가르쳐놓으면 결국 애 낳으러 간단 이야기를 수없이 들었다. 비혼 동료들은 그 나이 되도록 '시집' 안 가고 뭐하냐는, 젊어서 아기 많이 낳는 게 최고란 이야기를 잊을만하면 들었다. 여성은 뭘 해도 욕먹고 차별받는 사회에서 우리가 부수어야 할 건 가부장제이고, 거기에 필요한 건 여성연대라고 믿었다.

우리는 변화 많은 시기를 살고 있다. 지금 우리가 보내는 이 시기는 여성이 여성이라는 이유로 사회로부터 억압받고 차별받은 숱한 역사를 여성의 목소리로 고발하며 여성해방의 새로운 나라를 꿈꾸는 희망찬 격동의 시기라 생각한다. 결혼하고 아기를 낳아 제도 안에서 변혁을 도모하며 투쟁하는 여성, 기존의 가부장제 자체를 거부하고 비혼과 비출산을 실천하는 여성, 새로운 가족의 형태 안에서 아이를 낳으며 생을 올곧이 살아내는 여성의 이야기 모두 '여성의 이야기'이다.

각 세대의 여성은 저마다 맞닥뜨린 차별의 파도를 견뎌왔다. 여성 스스로가 원하는 삶을 살도록 내버려두지 않는 사회에서, 그럼에도 여성들은 본인이 살아내고 싶은 삶을 그리고 각기 모습대로 투쟁하며 여기까지 왔으리라. 결국 여성해방은 여성연대로부터 온다고 믿는다. 나란히 가지 않아도 함께 갈 수 있다고 믿는다.

#일하는 임산부의 애환

2018년 8월 24일

임신 35주차. 배는 날로 커지고, 밥을 맛있게 먹고도 얼마 후면 호흡곤란이 오고, 가진통은 정말 시도 때도 없이 오고 있다. 집 안에서 조금 돌아다니면 가진통이 오니 다시 눕게 되더라. 이렇게 온종일 자다 먹다 깨다 했다. 여전히 움직일 때마다 치골이 너무 아프고, 치질이 고통스러워 항문을 쪼개고 싶은 마음을 억누르며 시간을 보내고 있다.

그런데 사회생활을 하지 않고, 지하철을 타지 않고, 불필요한 말들을 듣지 않으니 훨씬 살만하다. 몸이 아프면 더 아팠지 그전보다 괜찮은 것도 아닌데, 임신으로 겪는 사회적 스트레스가 사라지니 마음만은 한결 편해졌다. 내가 임신기 동안 그렇게도 힘들어했던 게 대부분 사회적 요소 때문이란 게 더 분명해졌다.

그리 아파서 어떡하느냐 걱정하는 지인들에게 "괜찮아요. 이제 회사 안 가도 되니 마음 편히 아플 수 있어요. 아파도 걱정 없어요"라고 대답했다. 말하는 나도 울고, 듣는 지인들도 울었다. 조기진통이 와도, 치골통으로 걸을 수 없어도, 두통과 현기증에 쓰러져도, 고열에 시달려도, 적절한 약은 못 쓰지만 출근은 해야 하는 '일하는 임산부'의 애환을 더 많은 사람들이 알았으면 좋겠다.

10개월

나 이후의 임산부들은 더 나은 삶을 살아야 한다

36주차

#여성은 국가를 위해 존재하지 않는다

2018년 8월 25일

지난 8월 17일, 보건복지부에서 '형법 제270조를 위반하여 낙태하게 한 경우'를 '비도덕적 진료행위'로 규정하고 행정상 불이익을 주는 개정안을 시행했다는 기사를 읽었다. 임신한 여성이 어떻게 하루하루를 보내고 그 몸에서 어떤 일들이 벌어지는지 알기는 할까. 밥을 먹고, 경제활동을 하고, 사회적 관계를 맺고, 인생을 고민하면서 '진짜 삶'이란 걸 살고 있는 여성의 존재에는 관심도 없으면서 국가는 여성의 몸과 재생산권을 통제하려 하며 여성을 기만한다.

특히 요즘 뉴스 사회면을 보면 헌법 앞에서도 성은 평등

하지 않은 것 같다. 국가는 특정성별을 위해 존재하기라도 하듯 법을 집행하고, 이 상황 앞에서 '동일 범죄, 동일 수사'는 먼 구호로만 느껴진다. '그들만의 헌법'에 진저리가 난다.

그리고 오늘 8월 25일, 시민모임 '헌법앞성평등'은 안희정 전 충남지사의 1심 무죄 판결에 대해 사법부와 수사당국을 규탄하는 집회를 개최했다. 이 집회에 기혼 여성으로서의 연대발언을 요청받았다. 임신 이후 사회의 무지와 편견, 육체적 고통으로 고단한 삶만 살고 있는 내가 무슨 말을 할 수 있을까 한참을 고민하다가 무슨 말이든 내 목소리를 얹어 힘을 더하자는 생각으로 메시지를 보냈다.

최근 발생한 '안희정 성폭력 무죄' '워마드 운영자에게 체포영장 발부' 등 일련의 사건들을 보면서 국가적으로 자행되는 여성혐오를 더욱 체감했습니다. 재판부는 성폭력 피해여성의 성적주체성과 자존감이 결코 낮다고 볼 수 없다며 안희정에게 무죄를 선고하는 만행을 저질렀습니다. 수년간 남성커뮤니티에서 유통된 불법촬영물을 방치하던 경찰은 워마드 운영자에게는 대번에 체포영장을 발부하였고 남성 누드모델 사진을 유출한 여성에게는 징역 10개월을 구형하는 등 여성에게만 불리한 편파 수사를 일삼고 있습니다.

여성혐오를 기반으로 한 성차별을 국가적으로 자행하는 사회에서는 여성을 동등한 시민으로 여기는 것이 외려 너무 도전적인 일이 되어버리는 것 같습니다. 제가 여성으로서, 임산부로서, 당한 차별과 소외가 어쩐지 납득이 되는 것도 같습니다.

이러한 차별과 소외로 인한 스트레스로 유산의 고비를 몇 번 넘기고 저는 이제 곧 여자 아기를 출산합니다. 아기를 배 속에서 9개월간 키우면서 이런 사회에서 아기를 낳는 것이 너무 큰 죄는 아닐까 고민해왔습니다. 공기같이 존재하는 성차별은 물론 헌법 또한 여성을 남성과 동등한 대상으로 보지 않는 사회에서, 나 혼자서만 아기를 잘 양육한다고 이를 극복할 수는 없기 때문입니다.

이렇게는 안 됩니다. 저는 위력 성폭력 가해자 안희정이 감옥에 들어가고 피해자가 일상으로 돌아와 자신의 일상과 경력을 완전히 회복하는 사회에서 살아야겠습니다. 헌법 앞에서 성 평등한 사회에서 살아야겠습니다. 곧 태어날 아기에게 더는 무기력감만 안겨주지 말아야겠습니다. 아직 얼굴도 마주한 적 없는 아기지만, 선물하고픈 게 있다면 그건 '싸우는 여성이 이긴다'는 메시지입니다. 감사합니다.

여성은 국가를 위해 존재하지 않는다. 여성의 삶은 여성이 선택한다.

#분만방법 #분만의 주체

2018년 8월 26일

분만방법을 오랫동안 고민해왔다. 비교적 산후 회복이 빠르다는 질식분만을 하고 싶은데, 침대에 무력하게 누워 분만이 어떻게 진행되는지도 모른 채 동의서에 정신없이 서명을 휘갈기고, 회음부 절개를 당하고, 피를 줄줄 흘리며 아기를 내뱉듯 낳는 건 하고 싶지 않다. 내 분만의 주체는 언제나 '나'여야 한다고 생각한다.

내 출산의 목표는 아기를 낳고 건강히 살아남는 것이다. 진통의 고통이 적었으면 하고, 분만과정을 남편과 함께하고 싶다. 혼자 진통을 겪고 혼자 호흡에 맞춰 힘주는 나를 남편이 그저 바라만 보는 게 아니라, 분만 중에 남편의 실제적인 도움을 받고 끝내 함께 이루는 분만을 원한다. 진통과 분만의 순간에 내가 얼마나 고통받는지 남편이 온몸으로 전달받아 그 두려움만큼은 함께하길 원한다.

그래서 수중분만을 하고 싶었다. 물속에 들어가 진통을 겪으면 그 고통이 10분의 1 수준으로 줄어든다는 얘길 들었다. 남편이 뒤에서 허벅지를 잡아줘 분만 시 힘을 놓지 않거나 정신을 잃지 않고 아기를 낳을 수 있었다는 여러 지인의 만족도 높은 수중분만 후기를 전해들은 후 계속 생각했다. 이게 바로 내가 원하던 분만방법인 것 같다고.

남편과 오늘 수중분만이 가능한 조산원에 방문했다. 담당 조산사가 자연주의 분만을 원하는 이유를 묻기에 나는 자연주의는 잘 모르겠고, 내가 원하는 건 아기를 낳고도 죽지 않고 살아남는 거라 말했다. 조산사는 "아기가 배 속에서 듣고 있는데 엄마가 어떻게 그런 말을 하죠? 모든 엄마는 아기를 자연적으로 낳을 수 있어요. 분만은 엄마, 아빠, 아기 셋이 이루는 쾌거예요. 그게 자연의 섭리예요"라고 했다.

당황스러운 답변이었지만 마음을 다잡고 궁금했던 사항을 이어 물었다. 나는 몸이 약한 사람인데 수중분만의 가능 여부를 확인하는 산전 검사는 시행하는지, 태아가 너무 크거나 분만 중 응급한 상황이 오면 어떤 대처가 가능한지 질문했다. 이에 조산사는 대처는 필요 없다고 했다. 원하면 인근 병원으로 이송할 순 있지만, 엄마는 자연적으로 다 낳을 수 있다고. 그저 아기의 시간을 기다려주면 되는 거라고. 약한 몸이란 건 없다고. 엄마가 믿어야 아기를 낳을 수 있다고. 아기가 다 듣고 있으니 엄마가 죽을 거 같아 무섭단 소리만 안 하면 된다고 했다.

정말, 너무 너무 화가 났다. 모든 엄마가 자연적으로 아기를 낳을 수 있다고? 의학의 발전으로 모성사망비가 현저히 낮아졌다고는 하지만 여전히 어떤 여성들은 아기를 낳다가 죽는다. 출산을 앞두고 실재하는 두려움으로 하루하루를 견디는 임부에게 출산 전문가라는 사람이 어떻게 이런 말을 할 수 있지? 엄마가 고통을 받아 아기를 낳는 것이 자연의 섭리라 말하고, 분만을 무서워하는 나보다 그 염려를 배 속 아기가 들을 것을 더 걱정하는 그에게 화가 났다.

더 물을 것도 없이 나와는 맞지 않은 곳 같다며 상담을 종료했다. 왜 그러느냐 묻기에, 나는 내가 제일 중요한 사람이고, 분만의 주인공은 아기가 아니라 엄마라고 생각한다며 나에게 가장 좋은 방법을 주체적으로 선택해 분만하고 싶었는데 선생님의 관심과는 많이 다른 거 같다 말하고 나와버렸다.

조산원에서 나왔지만 분노가 계속 남는다. 자연주의 출산을 하는 곳에서 진통하며 아파하는 산모들에게 엄마는 다 낳을 수 있는데 왜 그렇게 아픈 소리를 내냐며 좀 참으라고 혼낸다는 이야기를 종종 듣곤 했는데 그들이 산모를 실제로 어떻게 대하는지 명확해졌다.

모든 자연주의 출산을 아는 건 아니지만, 이런 관점에서의 출산은 그만두어야 한다고 생각한다. 내가 수중분만을 원했던 건, 그것이 '나'로서의 주체적 고민을 통한 선택이었기 때문이지, 자연의 섭리 따위를 믿어서가 아니다. 출산의 감격과 모성의 승리는 출산 당사자의 고백일 때만 가능하다.

#코피가 터질 것 같은 가진통
2018년 8월 27일

가진통이 계속 온다. 전보다 확실히 강도가 세고, 주기가 짧고, 피가 얼굴로 더 쏠리는 느낌에 코피가 곧 터질 거 같다. 이제 막 임신 10개월에 들어온 터라 아직 아기 나올 때가 아니라고 안이하게 생각하다가도 30주에서 35주 사이에 아기 낳았다는 분들의 이야기를 들으면 출산이 더 이상 남 이야기가 아님을 실감한다.

이젠 정말 언제 아기가 나와도 이상하지 않을 시기구나.

#튼살 #내 몸을 긍정할 수 있을까
2018년 8월 28일

36주가 되자 결국 늘어난 배에 살이 텄다. 임신 5개월부터 보디크림이며 튼살크림이며 코코넛오일이며 열심히 발랐는데, 틀 사람은 열심히 발라도 트고 안 틀 사람은 안 발라도 안 튼다더니 나는 텄다. 팬티 입은 부분이 잘 튼대서 제모도 하고 꼼꼼하게 크림도 발랐는데 다 텄다. 내 눈물샘도 텄다.

출산 이후 나는 내 몸을 얼마나 받아들일 수 있을까. 학창시절 급격하게 살이 찌면서 이미 허벅지에 하얀 지렁이의 흔적들이 가득해 나는 짧은 바지를 잘 안 입는다. '내 몸을 긍정하지 않아도 괜찮다'는 메시지를 머리로는 이해하지만 꾸물꾸물 살 튼 흔적을 볼 때마다 마음이 달라질까 걱정이다.

#요란 떨면 '시댁'이 싫어한다

2018년 8월 29일

엄마는 처음부터 내가 조산원 출산에 관심 갖는 걸 내키지 않아 했다. 조산원에 예약은 했느냐 묻기에 상담하러 간 조산원에서 어떤 일이 있었는지 말하고 나와는 맞지 않아 병원 출산을 생각하고 있다 하니 아주 반색하셨다. 엄마는 "그러게, 수중분만은 무슨. 제발 요란 좀 떨지 말고, 남들 하는 대로 해"라고 하셨다.

내가 별나서 수중분만을 하려던 게 아니라, 천천히 생각하고 알아보고 나에게 제일 좋은 방법을 고르려 했던 거라 말씀 드려도, 엄마는 잘 들으려 하지 않았다. 엄마의 관심은 그저 '요란 떨면 시댁이 싫어한다'는 거였다. 엄마는 출산을 이미 경험한 여성으로서 나의 출산 공포를 이해하지만 시가에서 내가 미움받는 것을 더 걱정한다.

아기 이름을 짓는 문제에서도 그랬다. 우리 부부는 당연히 우리가 이름을 짓는 걸로 생각하고 있었고 시가에서도 아기 이름에 대해 크게 주장하지 않았다. 외려 펄쩍 뛴 건 우리 엄마였다. 절대 안 된다고. 그러면 '시댁에서 미움받는다'고. 엄마는 무조건 '시댁'에 먼저 아기 이름을 '여쭈라고' 하셨다.

나와 남편이 결정하면 될 일에 내 양친은 대부분 강하게 참견을 했다. '시댁의 생각을 여쭙고, 남들 하는 대로 시댁에 도리를 다하고, 절대 시댁에 미움받아선 안 된다'는 게 양친의 주장이었다. '내가' 아기를 낳는 출산 문제에서까지 시가의 눈치를 보라는 것에 화가 났다.

모두가 출근하고 혼자 남은 양친의 댁에서 생각했다. 이게 우리 엄마가 살아온 삶이겠구나. 시가에서 미움받을까 걱정하고, 사사건건 눈치보고, 힘든 일을 그저 감내해야 했던 엄마에게 감정을 이입해 혼자 엄마를 동정하다가 이내 정신을 차렸다. 그래도 이건 아니라고. 이건 엄마가 앞으로 누군가의 '시댁'이 되어 살 삶일 뿐이라고. 더 이상 이

나쁜 유산이 이어져선 안 된다고.

ㄴ 참새

이거 정말 너무 속상해. 뭐만 하면 "시댁에 잘해야 한다, 책잡히지 말아야 한다" 하니. ㅠㅠ

ㄴ 익명

전 당연하게 우리 부부가 아이 이름을 결정할 거여서 시부모님 참견은 남편 보고 막으라 했죠. 근데 막상 짓고 보니 왜 아이 성별에 맞지 않는 이름을 지었냐고 난리난리!! 남편이 전화로 싸우는데 전 가만히 있었습니다. 아이 이름은 부부가 지어야지요. ㅠㅠ

37주차

#엘리베이터 #체념

2018년 9월 2일

지하철로 이동을 할 때면 도착 예상시간보다 30, 40분은 족히 더 걸린다. 역에 들어서면 먼저 엘리베이터를 찾아 헤맨다. 역 외부에서 역 내부로 한 번, 거기서 승강장으로 갈 때 또 한 번 엘리베이터를 이용하는데 엘리베이터를 찾느라 또 얼마나 걷는지 모른다. 계단을 이용해 최단 경로로 이동하는 게 두세 배는 빠를 거 같지만 부른 배를 하고서는 조금만 삐끗해도 큰일이 벌어질 수도 있다. 하차해서는 개찰구로 나가기 위해 엘리베이터 표지판을 먼저 찾는데, 그러면 사람들 동선과는 달라 "아이씨, 바쁜데 왜 꾸물대!" 소리와 함께 내 둔탁한 몸이 여기저기로 밀쳐진다.

"죄송합니다. 죄송합니다" 하며 사람들 먼저 보내고 천천히 엘리베이터를 찾아 걷지만 방향을 잘못 잡으면 허탕이다. 열심히 뒤뚱거리며 걸어 엘리베이터를 찾는대도 내 순위는 늘 밀린다. 간신히 찾았대도 이미 만원이다. 닫히는 엘리베이터를 향해 천천히 걸어가며 문 안의 사람들을 그저 바라만 본다. 공간이 남았대도 그 문이 다시 열린 적은 없었다.

날이 갈수록 입을 다물고 체념하게 된다. '그래, 사람들은 귀찮은 걸 싫어하지. 사람들은 임산부를 싫어하지.' 사회는 여전히 출생률이 떨어지는 걸 재앙이라 생각한다. 임신한 여성들은 사람들 귀찮게 하지 말고 조용히 집 안에만 있으라는 걸 텐데, 하는 생각이 드니 또 분노의 세포가 살아난다. 봐라, 내가 어디 입 다물고 가만 체념만 하고 있는지. 어디 한번 두고 봐라. 그러다 진짜 체념하는 날엔 무릎 꿇고 싹싹 빌어도 소용없을걸.

#악의 없음 #폭력적

2018년 9월 3일

자꾸 미련이 생긴다. 아기가 태어나기 전에 하나라도 뭘 더 해야겠다는 생각이 들어 두세 시간 거리의 펜션에 놀러

왔다. 펜션 사장님이 잔뜩 부른 내 배를 보시더니 대번에 "어후, 이달에 낳겠네" 하신다. 놀러왔으니 오늘내일만 아기가 안 나오길 바라고 있다 하니, 초산은 열 시간은 넘게 진통해야 해서 여기서 집까지 충분히 갈 수 있다고 하신다. 이제 내공이 늘어 웃으며 말했다.

"그런 말씀 마셔요. 저는 금방 쑥 낳을 거예요."

삶을 먼저 시작한 기성세대는 본인의 세계에선 당연했던, 그저 익숙하게 들어왔고 악의 없이 내뱉던 말들을 내 세대에도 거리낌 없이 한다. '아기가 배 속에 있을 때가 편하다' '출산까지 입덧하기도 한다' '초산은 원래 오래 진통한다' 같은, 악의는 없겠지만 당사자에겐 저주와 다름없는 말들 말이다. 묵과하지 말고 번거롭고 답답하더라도 천천히 알려줘야겠다고 생각했다. 그리고 나는 절대 그러지 말아야지 다짐했다. 어쩌면 '나는 그러지 말아야지' 하고 다짐하고 계속 되새기는 게 내 선에서 최선의 방법일지도 모른다. 이 지옥 같은 임신의 여정을 지냈으니 다른 임산부에게 덜 폭력적인 사람은 되어야지.

임신의 장점은 정말 하나도 없다. 그래도 임신기를 겪었으니 나 이후의 임산부들이 더 나은 삶을 살도록 소리 내야 한다고 여러 번 다짐한 건 장점일 수도 있겠다. 이렇게 자기만족이라도 하면 괴로웠던 임신기가 마냥 밉지는 않겠지.

38주차

#임산부 방광 #위급 상황

2018년 9월 9일

하늘이 노래졌다. 정말, 길거리에서 오줌을 싸는 줄 알았다. 들어갈 만한 곳을 둘러보는데 마땅한 곳이 없어 보였다. 보통 스타벅스에는 화장실이 딸려 있으니 간신히 스타벅스를 찾아 바로 계단을 올라갔는데 2층이고 3층이고 잠금 장치가 걸려 있었다. 상가에서 운영하는 화장실이라 상가 고객만 이용 가능하단다.

매장에서 구매를 하고 화장실을 이용하는 게 상식이지만 염치 불고하고 점원에게 임산부라 화장실이 너무 급한데 이용 좀 할 수 있겠냐 물었고, 점원이 흔쾌히 비밀번호를 주셔서 화장실에 다녀왔다. 급한 생리현상이란 게 언제든 발생할 수 있지만 만삭에 걷다가 양수라도 터지면 정말 망했다 싶겠더라.

북미나 유럽 등에선 임산부의 방광 애로 사항에 대한 공통의 이해가 있어 공중화장실에서 임산부가 줄 서서 기다리는 경우가 없다는 이야기를 들었다. 다들 급한 상황이겠지만 임산부는 언제든 방광이 자극되고 위급할 수 있어 모두가 양보를 한다고. 오늘 스타벅스에서 화장실 이용을 거절당했다면 정말 슬플 뻔했다.

약자에 대한 배려라는 건 일반적으로 적용되는 상식을 뛰어넘어야 가능하다. '보통 어떠어떠한 게 상식이다' '자본주의 사회에선 무엇무엇이 당연하다'라는 생각을 약자를 대할 때는 버려야 하는데, 그렇게 사고하고 말하는 게 세련된 시민의식이라 생각하는 사람들이 많은 거 같다. 그럴 거면 '사회적 약자'도 없겠지.

실은 나도 임신하기 전에는 임산부가 무거운 몸으로 오래 줄 서 있기 힘들 거란 생각에 공중화장실에서 양보했던 거지, 태아 때문에 수시로 방광이 자극된다는 사실이나 언제든 위급상황이 되는지는 몰랐다. 어쩌면 우리나라에서는 임산부의 화장실 이슈를 공론화할 때, 지하철의 임산부 배려석처럼 또 곤혹을 치러야 할지도 모르겠네.

임산부의 방광 애로 사항을 알리고 '매장을 이용하지 않은 임산부에게도 화장실을 이용하게 해주세요' '임산부에게 화장실 줄을 양보해주세요' 같은 캠페인이라도 진행하면 또 임신이 벼슬이냔 말을 들을 거 같다. 그저 보통 사람보다 방광에 이슈가 있고 힘든 건데요.

#모유수유 #분유 값 #유두마사지
2018년 9월 10일

아기를 낳으면 최대한 모유수유를 할 생각이다. 모유가 영양학적 측면에서 우수할 수도 있지만 나는 모유의 위대함 같은 것엔 관심 없다. 영양소나 수급이 더 안정적인 건 분유고, 모유 속에서 환경호르몬 물질인 프탈레이트가 검출되었으며 이 물질이 모유수유 시 아기에게 전이된다는 연구 역시 계속 되고 있다.[19]

모유수유를 결심한 건 분유 값을 알게 되고 나서다. 분유는 보통 한 통에 3만 원인데 4, 5일이면 한 통을 비운단다. 분유로 수유하는 이들의 이야길 들어보면 분유수유엔 기본적으로 다량의 젖병, 젖병소독기, 젖병건조기, 젖병세정제, 젖병세척솔, 젖꼭지세척솔, 젖병집게, 분유포트 혹은 분유정수기 등이 필요한데 어떤 것은 주기적으로 새것으로 바꿔줘야 하고, 아기에 따라 특정 분유나 특정 젖병을 거부하는 경우가 있어 아기에 맞는 제품을 찾는 데 꽤나 애를 먹는단다. 50만 원쯤 되는 내 육아휴직급여로 나도 생활하고 아기까지 돌보려니 모유수유를 생각하지 않을 수 없었다. 아기를 돌보는 데는 먹이는 것 외에도 돈이 많이 든다.

조리원에서 배운 대로 가슴 기저부마사지와 유두마사지를 종종 하고 있다. 준비 없이 아기에게 젖을 물리면 가슴이 돌덩이처럼 뭉치고 유두에 피가 난단다. 내 지인은 수유기의 젖몸살이 임신·출산의 모든 과정보다 아팠다고 했다. 얼마나 아팠는지 아기가 젖 달라고 울면 밖으로 뛰어내리고 싶었다고.

임신 초기부터 부풀어오른 내 가슴은 유두와 유륜만 한 바닥이다. 포도알 만큼 두꺼워진 유두를 엄지검지로 잡아 지그시 누르고 비틀어본다. 소리를 꺅꺅 지르면서. 처음 시작할 땐 손도 못 댔는데 조금씩 익숙해졌다. 유륜부도 미리미리 꼬집어놓아 자극에 익숙해져야 한다는데 한숨부터 난다.

오르가슴을 느꼈던 내 질에는 지금 출산을 위한 분비물만 가득 차 있다. 분만 시에는 질구膣口부터 항문까지 뜯어지면서 아기가 나오겠지. 애무로 쾌감을 얻던 내 가슴은 이제 아기 '맘마'의 도구가 된다. 그걸 준비하느라 유두를

꼬집고 비틀고 있노라면 동물의 왕국 속 어미 동물이 된 것도 같고.

이렇게 준비를 해놓아도 출산 후 아기가 먹을 만큼의 모유 양이 안 된다거나 젖몸살이 심하면 수유를 할 수 없게 된다. 나 스스로 힘들어 포기할 수도 있고. 출산 전 열심히 유두를 꼬집던 처량함의 기억만 남더라도 별수 없겠지. 저녁 먹고는 이제 올리브오일을 거즈에 묻혀 유두 때를 제거해야겠다.

ㄴ, 아유

저는 완분(완전 분유수유)인데요… 초기에는 아기가 모유만 먹으면 분수토(주로 갓난아기들이 분수처럼 토하는 것)를 해서 안 맞는 것 같아 수유를 못 하고 말렸어요. 그런데 그게 아니라 아기는 자기 양보다 훨씬 많은 양을 급히 먹었던 거고, 저는 모유 사출(모유가 물총처럼 나오는 현상인데, 이 경우 아기가 젖을 먹기 힘들어한다)이 심해서 그런 거였어요. 그렇게 아기랑 엄마랑 모유 양을 맞춰간다는데 이미 신체적·정신적으로 약해진 엄마가 버티기엔 힘든 거 같아요. 정보가 너무 없어요…

ㄴ, 초봄을 키우는 여름

전 두 돌까지 완모(완전 모유수유)했는데 저 역시 모유의 위대함 어쩌고저쩌고 때문이 아니라 젖병 씻고 소독하고 이런 일련의 과정이 너무 버겁게 느껴져서 간편한 모유를 선택했네요. ㅎㅎ 전 가슴마사지 같은 것도 안 하고 있다가 분만 사흘째에 젖몸살이 와서 진짜 죽는 줄 알았어요. 유축기는 또 얼마나 아프던지. ㅜㅜ

#양막파열 #임신 종료

2018년 9월 12일

양수가 터졌다. 주르륵 주르륵.

10개월간의 임신이 종료되었다….

출산

∞

'내가 끝내느냐' 아니면 '내가 끝나느냐'의 싸움

양수가 터졌는데도 자연스런 진통이 오지 않아 유도분만을 진행했다. 분만촉진제를 투여받으니 온몸을 쥐어짜는 듯한 자궁수축이 감당할 수 없을 만큼 거세게 왔다. 자궁수축이 실시간으로 기록되는 모니터를 보니 1분 간격으로, 진통강도의 최대치인 99가 찍혀 있었다. 이런 고통이라면 차라리 죽는 게 낫겠다고 생각했다. 매분 지옥의 수레바퀴를 도는 기분이었다. 자궁이 이완하는 1분 동안은 실신하지 않으려고 스스로 뺨을 때리며 버텼다. 그렇게 수 시간 진통을 겪으니 자궁 입구가 4센티미터쯤 열렸고 그제야 척추에 관을 꽂아 무통주사라 불리는 경막외마취를 할 수 있었다. 마취의 부작용으로 한기가 돌고 몸이 떨렸지만, 정신이 들어 초콜릿도 먹고 이온음료도 마시며 출산까지 힘을 내보자고 마음을 가다듬었다. 그렇게 총 일곱 시간 동안 진통하니 아기 머리가 질의 입구까지 다다라 분만의 때가 왔다.

분만을 도와주는 간호사는 한 시간만 힘을 주면 아기를 낳을 수 있을 거라고 했고, 고지가 눈앞이란 생각에 희망도 생겼다. 그런데 이게 웬 걸, 분만할 땐 경막외마취도 아무 소용없었다. 진통주기에 맞춰 아기가 밑으로 내려오는데, 골반과 질구에 아기가 껴 있는 감각이 내게 그대로 느껴졌다. 아기의 시간에 내 호흡을 맞춰 모든 체력을 다해 힘을 줬는데, 한 번 힘을 주고 나면 두 다리와 두 팔이 모두 떨려 다음 진통에는 힘을 줄 수 없겠다는 생각마저 들었다. 아기가 세상 밖으로 나오려고 자궁이 수축할 때마다 도리어 나는 세상이 모두 무너져 끝났으면 좋겠다는 생각을 했다. 아기를 낳으려 힘을 주면서도 아기 생각은 전혀 들지 않았다. 그저 이 지난한 시간이 종료되기만을 바랐다. 질구에 주먹 세 개만 한 돌덩이가 걸려 있고, 이걸 반드시 배출해내고야 말겠다는, 그래서 어서 쓰러져 쉬고야 말겠다는 생각으로 분만을 진행했다.

수도 없이 포기하고 싶었다. 그만두고 싶었다. 너무 고통스러워 그냥 죽어버리고 싶었다. 이렇게 멀쩡한 정신으로 이 모든 고통을 다 느껴가면서 분만해야 한다니 내 존엄성마저 훼손되는 기분이었다. 그런데 질식분만으로 진행되는 출산은 '나만이 해낼 수 있는 일'이더라. 내가 정신을 곧게 차리고 분만의 주체가 되어 끝까지 힘을 줘야만 끝나는 일이었다. 그래서 지옥 같았다. 이건 '내가 끝내느냐' 아니면 '내가 끝나느냐'의 싸움이었다.

한 시간쯤 분만을 위해 힘을 줬을까. 도대체 언제까지 힘을 줘야 아기가 나오느냐며 울부짖었다. 그렇게 출산의 무아지경에 빠져 있는데 갑자기 "응애!" 하고 아기가 나왔다. 그렇게 아기를 낳았다. 드디어, 내가, 임신부터 출산까지의 전 과정을 끝낼 수 있었다. 의료진은 이제 막 내 몸에서 배출된 핏덩이 아기를 내 가슴 위에 올려주고, 아기가 나오면서 사방팔방으로 찢어진 내 질과 항문을 꿰맸다.

아기를 보니 엉엉 울음이 나더라. '살았다'는 안도감에서였다. 죽음의 신과 하이파이브하고 돌아오니 새 생명이 태어났구나, 그리고 난 살았구나 하는 안도감의 눈물. 이 아기와 함께 새로운 내 삶을 시작하겠구나, 그렇다면 내 삶 역시 새 생명일 수 있겠구나 하는 생각의 눈물. 어쩐지 내 생을 떼어 아기를 낳은 기분이 들었다. 동시에 이 모든 여정이 혼자만의 씨름이었다는 외로움에, 임신과 출산에 무지한 사회를 고발하고, 더 목소리를 내야겠다고 생각했다. 아기를 낳기로 한 내 결정과 그 결과를 성인으로서 책임지고, 임신과 출산으로 망가진 몸에 한숨이 나올지라도 아기를 내 목숨의 일부라 여기지 않는, 출산 이후의 씨름을 포기하지 않겠다고 다짐했다.

갓 태어난 아기는 신생아실에, 나는 산후 회복을 위해 병실로 이동했다. 침대에 가만 누워, 아무런 정보 없이, 사회의 존중 없이, 아기를 낳고서 죽거나 병든 여성들을 생각했다. 그동안 사회는 뭘 했고 우리는 어디쯤 있는 걸까. 나는 지금, 여기에 있는데 말이다.

#살아 돌아왔어요 #고맙습니다

2018년 9월 12일

출산했습니다. 응원해주셔서 감사합니다.

아기와 함께 살아 돌아왔어요.

에필로그

∞

싸우지 않아도 되는 사회를 위해,
나는 오늘도 싸운다

아기의 주 양육자가 된다는 것은 24시간 아기 곁을 떠날 수 없다는 것이다. 신생아는 먹고 자는 시간보다 우는 시간이 더 길다는 것을 나는 미처 알지 못했다. 눈도 제대로 뜨지 못하는 아기를 갓 출산한 몸으로 종일 돌보는 건, 어쩌면 내 몸에 대한 학대일지 모른다는 생각마저 들었다. 아기는 너무 사랑스럽지만, 이 작은 존재는 나의 시간과 돌봄을 먹어야만 자라는 것 같다.

아기를 혼자 돌보는 여성들이 너무 갇혀 있다는 생각을 종종 했다. SNS에서도 귀여운 아기를 전시할지언정 양육의 고단함을 보이고 싶지 않았다. 아기를 돌보며 어두운 기운을 조금만 내비쳐도 사람들은 '엄마 됨'을 의심하니까. 주변 사람들은 별 탈 없이 임신기를 보낸 뒤 아기를 낳고 육아를 하는 거 같던데 어째서 나는 외딴섬에 홀로 떨어진 기분이 들었던 걸까. 그저 이 모든 걸 당연히 여성의 몫, '엄마'의 몫이라 생각하거나, 여성들이 세세하게 이야기한대도 사회는 이들의 이야기가 한낱 여성의 넋두리라고 생각하고 들어주지 않았기 때문은 아닐까?

사람들은 엄마라면 그저 모두 그렇게 산다고 말한다. 너 역시 그렇게 컸고 아기를 맞이하는 건 원래 그런 거라고 말이다. 엄마는 다 그런 거란 말, 모두 다 그렇게 살았고 너도 그렇게 살 거란 말, 그렇게 살아야 한다는 말. 이 말은 아기와 양육자 모두에게 너무 폭력적이다. 이런 말들은 아기를 의무감이나 죄책감으로 돌보라는 이야기의 변주이고, 임신과 양육에 관심 없는 사회를 용납해줄 뿐이다. 실제로 임신과 출산, 산후 회복을 위한 몸조리, 양육까지 긴 과정을 경험하면서 한국에서 이 모든 것이 개인의 몫이라는 생각을 많이 했다.

출산 후 몸을 회복하기 위해 산후마사지 비용을 포함해 400만 원을 산후조리원에 지불하고 2주간 머물렀다. 기간에 비해 큰돈이었고 이를 지불하는 데 큰 결심이 필요했지만, 돌이켜보니 결심할 문제가 아니었다. 나는 출산 후 자리에서 일어서기만 하면 숨을 못 쉬었고, 괄약근 조절이 어려워 종종 바닥에 오줌을 쌌으며, 근육통 때문에 숟가락 하나도 제대로 못 들었다. 나뿐만 아니라 조리원에서 만난 산모들 역시 저마다 분만 후유증을 앓고 있었다. 이 와중에 스스로 할 수 있는 게 거의 없는 신생아가 24시간 돌봄을 필요로 하고 있었다. 그런데 비용을 지불할 능력이 있는 개인만 산후조리원을 이용할 수 있다는 건 국가의 무책임이라고 생각했다.

양육자들끼리는 흔히들 육아는 '장비발'이라는 말을 한다. 양육의 고단함을 하소연하면 요즘 좋은 육아장비들이 많다는데 왜 마련하지 않냐, 양육의 대체인력을 왜 고용하지 않냐 하는 이야기를 듣는다. 그러나 양육노동을 절감하는 데 도움을 주는 물건이 개발되고, 양육 대체인력의 시장이 활성화되는 것이 곧 이 사회가 양육친화적 사회라는 걸 의미하지는 않는다. 양육자들 간의 이야기는 사회가 공적 자원을 투입해 개별 양육의 짐을 나눠 질 리 없다는 전제를 모두 공유한다는 사실만 확인시켜줄 뿐이다.

2019년 4월, '낙태죄'의 헌법불합치 판결에서 낙태죄 존치를 주장한 한 헌법재판관은 "우리는 모두 태아였다"라는 '명문'을 남겼다. 우리가 모두 태아였고 아기였고 어린이였다면 어째서 우리나라엔 노키즈존No kids zone이 범람하는지 모르겠다. 영유아를 반기지 않고 적대하는 사회는, 실은 영유아를 통제하지 못하는 '엄마'를 혐오하는 것이라 생각한다. '사회화'는 사회를 통해 이뤄지는데, 사회의 역할을 양육자 개인에게 손쉽게 떠넘기고는 통제할 수 없는 대상을 통제하지 못했다고 비난하는 것은 사회가 사회이길 포기한 셈 아닐까 생각한다. 우리 사회에 실로 필요한 건, 아기를 돌보는 양육자를 존중하는 문화와 어떤 방식으로 사회가 함께 양육에 동참할지를 이야기하는 목소리다.

출생신고를 하러 가니 구청에서 아기에게 하고 싶은 말을 제출하라기에 "싸우는 여자가 이긴다"라고 적었다. 아기가 원하는 것을 마음껏 꿈꾸고 누리고 또 성취하길 바라는 마음에서였다. 성별, 인종, 외모 등 아기가 선택하지 않은 것 때문에 차별받지 않았으면 한다. 또 그것을 자신과 타인에게 실천하며 살아갈 때 결국 승리하는 삶을 살게 될 거라고 아기에게 이야기해주고 싶었다. 그리고 나는 아기를 돌보는 성인으로서 '여자가 싸우지 않아도 되는 사회'를 만들기 위해 싸워야겠다고 생각했다. 여성의 몸에서 일어나는 일에 대한 선택권은 온전히 여성에게 있어야 하며, 임신과 출산의 주체인 여성에게 알 권리를 제공해야 한다고. 이들의 목소리를 들어주고 존중하며, 임신·출산·양육까지 이 모든 것을 더 이상 여성만이 홀로 짊어지게 해서는 안 된다고. 여성에게 필요한 제도를 사회가 충분히 마련해야 하며, 사회의 일원을 맞이하는 일에는 온 사회의 지원이 필요하다고 말이다.

주

∞

1 〈자궁 외 임신 천 명당 17.3명 꼴… 나이 많을수록 증가세〉, 《중앙일보헬스미디어》, 2018.12.10.

2 〈임신부 5명 중 1명 자연 유산… 40대는 절반 이상〉, 《연합뉴스》, 2015.2.3; 〈임신 초기 2~3개월, 유산율 70퍼센트〉, 《머니투데이》, 2008.8.21.

3 〈임신기 2시간 단축근무 '임신 전 기간' 확대〉, 《베이비뉴스》, 2018.1.3.

4 〈임신 중 최대 10개월 육아휴직 앞당겨 쓸 수 있다〉, 《한겨레》, 2017.12.26.

5 위 기사, 《한겨레》, 2017.12.26.

6 〈"더 낳아라" 설득 대신 더 나은 육아환경 만든다〉, 《경향신문》, 2018.12.7.

7 〈신세계 '주35시간 근로제' 시행 이후… 마트 노동자는 더 바빠졌다〉, 《경향신문》, 2018.1.24.

8 배상미, 〈임부의 태교무용에 대한 인식도 조사〉, 《대한무용학회논문집》, 2007; 김보영 외, 〈숲태교를 통한 산모의 임신스트레스 감

소 효과〉, 《산림과학공동학술발표논문집》, 2012.
9 〈남성 육아휴직 급여 부정수급액 4년 새 13배 늘어〉, 《연합뉴스》, 2019.2.11.
10 〈임산부 배 뭉침·조기진통, '조산 가능성 신호' 의심〉, 《한국경제, 키즈맘》, 2019.2.25.
11 〈면역력 저하의 신호 '헤르페스', 입술 포진과 물집〉, 《하이닥》, 2017.10.26.
12 〈밑 빠짐 증상, '자궁탈출증후군' 치료 어떻게 해야 할까?〉, 《베이비뉴스》, 2017.2.17.
13 "What causes hiccups in babies in the womb?", *Medical News Today*, 2018.7.4.
14 OECD Health Statistics 2018, WHO; Health at a Glance: Asia/Pacific 2018.
15 Miller et al., "Maternal antibiotic exposure during pregnancy and hospitalization with infection in offspring: a population-based cohort study", *International Journal of Epidemiology*, 2018.
16 〈자궁경부무력증 임산부와 아이 위협하는 질환〉, 《메디컬투데이》, 2012.7.10.
17 〈"임신한 배… 왜 허락 없이 만지세요"〉, 《한국일보》, 2017.5.25.
18 〈'전기요금 폭탄' 두려운 산모들 "할인 제도 있지만 구멍 숭숭"〉, 《한겨레》, 2018.8.7.
19 Katharina et al., "Human breast milk contamination with phthalates and alterations of endogenous reproductive hormones in infants three months of age", *Environmental Health Perspectives*, 2006.

추천의 말

∞

출생률 0.98명. 이것은 일찍이 인류가 도달한 적 없는 새로운 경지에 한국 사회가 와 있음을 알려주는 수치다. 한 여성이 대한민국에서 임산부로 살아간 10개월을 기록한 이 책은 우리가 도달한 세상의 풍경을 임산부의 시선으로 들려주는 사회학적 보고서다.

임산부배려석을 둘러싸고 벌어지는 경악할 현실, 임산부에겐 할 수 있는 치료가 없다며 아프다는 그를 곱게 돌려보내는 병원, '재앙'을 극복하겠다며 퍼부은 100조 원의 흔적을 찾을 길 없는 정부의 출산장려 정책, 임산부를 업무에 지장을 초래하는 민폐 직원으로 전락시키는 직장… 임신한 여성에게 끝없이 좌절과 모욕, 절망을 안기며 우리 사회는 그렇게 치밀하게 생명을 밀어내고 있었다.

남자들은 까맣게 몰랐고, 여자들은 하얗게 지웠던 그 기억. 책의 문장들을 한 줄 한 줄 오려서, 임산부배려석에 붙여주고 싶다. 몰랐다면 알아야 하고, 잊었다면 기억해야 한다. 우리 모두 함께 살아야 하니까.

—————— **목수정** (작가, 《칼리의 프랑스 학교 이야기》 저자)

임신과 출산은 '누구나 다 겪는다'. 지구상 인구가 77억 명이라니 77억 개의 산통이 활보하는 셈이다. 그러나 이 모든 정보는 개별화되어 사라져왔다. 모두가 겪고도 침묵해온 일을 나도 겪으면 말할 필요가 없다고 느끼고, 이 느낌은 침묵을 강화하기 때문이다. 임신과 출산뿐 아니라 집단적 은폐와 고통의 누락은 늘 상호 보완한다. 그러니 《나는 아기 캐리어가 아닙니다》는 전방위적인 여성의 소외에 대한 투쟁과 고발의 기록이다.

—————— **이민경** (작가, 《우리에겐 언어가 필요하다》 저자)

지은이 **송해나**

한국의 30대 여성. 결혼하고 아기를 낳으니 지나온 삶의 여정과는 관계없이 사람들은 나를 그저 '아줌마' 또는 '애 엄마'라 부른다. 하지만 내가 정의하는 나는 술과 요리를 좋아하는 자연인, 차별에 반대하는 페미니스트, 그리고 지금은 풀타임 양육자다.
계획적으로 임신했지만, 임신 후 예상하지 못한 여러 난관에 부딪혔다. 그동안 임신한 여성의 삶과 고통이 치밀하게 은폐되어 있었음을 깨닫고 이에 분노하며 임신기의 감정과 일상, 신체적 변화 등을 트위터 '임신일기'라는 계정으로 기록해왔다. 현재는 같은 계정으로 아기 돌보는 여자의 이야기를 하고 있다.

@pregdiary_ND

나는 아기 캐리어가 아닙니다

열 받아서 매일매일 써내려간 임신일기

1판 1쇄 발행 2019년 7월 5일
1판 5쇄 발행 2020년 4월 10일

지은이 송해나
펴낸곳 (주)문예출판사 | **펴낸이** 전준배 | **출판등록** 1966. 12. 2. 제 1-134호
주 소 03992 서울시 마포구 월드컵북로 6길 30 | **전화** 393-5681 | **팩스** 393-5685
홈페이지 www.moonye.com | **블로그** blog.naver.com/imoonye
페이스북 www.facebook.com/moonyepublishing | **이메일** info@moonye.com

ISBN 978-89-310-1158-6 02810

- 이 도서의 국립중앙도서관 출판시도서목록(CIP)은 서지정보유통지원시스템(http://seoji.nl.go.kr)과 국가자료공동목록시스템(http://www.nl.go.kr/kolisnet)에서 이용하실 수 있습니다.
(CIP제어번호 : CIP2019023295)
- 잘못 만든 책은 구입하신 서점에서 바꿔드립니다.